Elektroschrott,
Spuren des Wohlstands, Elends und der Gefahr

DR. VOLKER HIMMELSEHER

Elektroschrott,
Spuren des Wohlstands, Elends und der Gefahr

Ein zeitgeschichtlicher Bilderbogen

Bibliografische Information der Deutschen Nationalbibliothek:
Die Deutsche Nationalbibliothek verzeichnet diese Publikation
in der Deutschen Nationalbibliografie; detaillierte bibliografische
Daten sind im Internet über https://portal.dnb.de/ abrufbar.

© 2021 Dr. Volker Himmelseher
Satz, Umschlaggestaltung, Herstellung und Verlag:
BoD – Books on Demand, Norderstedt

ISBN: 978-3-7534-5080-3

Inhalt

Zur Einführung

Elektroschrott

Mittlerweile ertrinkt die Welt im Elektroschrott.
2016 hatte man es schon mit 45 Millionen Tonnen zu tun.
Das entspricht fast dem Gewicht von 6800 Eiffeltürmen! Pro Kopf lagerten, Stand 2019, sechs Kilogramm Elektroschrott auf unserem Planeten. Der Berg wächst weltweit jedes Jahr weiter an und hinterlässt seine dramatischen Spuren. Er ist ein Teil all der Probleme, die uns heute zu schaffen machen. Die Weltgemeinschaft produziert ein vergiftetes Erbe, denn die meisten Folgen ihrer Sünden müssen die nächsten Generationen tragen. Für die daraus erwachsenden Beeinträchtigungen gilt:

Was wir wissen, ist ein Tropfen, was wir nicht wissen, ein Ozean.

(Sir Isaac Newton)

Der amerikanische Wissenschaftsjournalist Andrew Revkin schlug vor, die Zeit, in der wir leben, aus dem Holozän, dem Nacheiszeitalter, herauszulösen und ihr einen eigenen Namen zu geben. Einen Namen, der Rechnung dafür trägt, in welchem enormen Maße der Homo sapiens seit den letzten dreihundert Jahren einen schlimmen Einfluss auf die Erde nimmt. Der Begriff »Anthropozän« solle das deutlich machen. »Anthropos«, griechisch »der Mensch«, als Namensteil einer eigenen geochronologischen Epoche hebe hervor, wie dominant der Mensch für die biologischen, geologischen und atmosphärischen Prozesse auf der Erde geworden ist. Ernst zu nehmende Stimmen sprechen in diesem Zusammenhang von menschlicher Aggressivität, die, so fortgeführt, die Bewohnbarkeit des Planeten infrage stellt, ihn zum Untergang verdammt. Allein aus allem menschlichen Tun, das den Elektroschrott verursacht, oder aus den Problemen, die dieser hinterlässt, kann nach Überzeugung von Sachkundigen die Apokalypse erwachsen.

- Weltuntergang als Eskalation menschlicher Sünden?

Wenn viele Experten sich einig sind, ist mehr als nur Vorsicht geboten.
(Bertrand Russell)

Unsere Situation kann mit einem *Oxymoron* beschrieben werden: Wir nähern uns einem Abgrund, der voll ungelöster Probleme ist. Ein Abgrund dürfte eigentlich nicht voll sein, erst recht, wenn er uns mahnen soll. Denn voll wird er unsichtbar.

Diese Situation wirft Fragen auf und schürt Ängste:

- Sucht der Mensch etwa den Tod, weil er den wahren Sinn des Lebens bis zum heutigen Tag nicht gefunden hat?

- Baut die Menschheit aus Hybris an einem neuen Turm zu Babel, und der wird zusammenstürzen und alle unter sich begraben?

- Gilt der Satz aus Dantes »Göttlicher Komödie«: *Lass alle Hoffnung fahren?*

- Oder törnt die Menschen das sich Aufladen von Schuld sogar an, dies weiter zu tun?

Friedrich Dürrenmatt, der Schweizer Schriftsteller und Theaterautor, führt uns in seiner wunderbaren Satire »Die Panne« einen so gearteten Menschen vor Augen: Nach einer Autopanne kommt der Protagonist bei einem pensionierten Rechtsanwalt unter, der zum Abend drei weitere Juristen eingeladen hat. Sie stellen dem Gast die Frage, ob er in seinem Leben Schuld auf sich geladen habe. Mit juristischen Spitzfindigkeiten drehen sie ihm das Wort so lange im Mund herum, bis er »an der Grenze seiner Denkkraft« unter ihren perfiden Fragen gesteht. Die Juristen erklären ihn für schuldig und fordern harte Bestrafung. Herr Traps, der Gast, fühlt sich zwar überrumpelt, aber auch irgendwie beglückt. Endlich fühlt er sich in seinem Leben, wenn auch als überführter, schuldiger Übeltäter, irgendwie wichtig.

Und nun zu den Ängsten: Sie sind berechtigt, wenn man den Menschen genau betrachtet.

Denn allein der Mensch erfand die Atombombe. Keine Maus der Welt käme auf den Gedanken, eine Mausefalle zu konstruieren. (Albert Einstein)

Trotz allem ist der Mensch selbst in hohem Maße seines Glücks oder Unglücks Schmied. Gestaltbar ist immer noch die Gegenwart, aber auch die Zukunft. Das Prinzip Hoffnung allein funktioniert aber nicht.

Wer glaubt, dass Schweigen und Zuwarten Probleme lösen können, hält sich auch die Augen zu, um unsichtbar zu werden. (Volksweisheit)

Der Verfasser nutzt in diesem Buch die Form der Anthologie. Er formt für den Leser einen Strauß unterschiedlicher Gedanken und Episoden, die allesamt mit den Problemen des Elektroschrotts verbunden sind. Klangvolle Worte großer Persönlichkeiten setzen im Kontext Zeichen. Er bedient sich einzelner Erlebnisbilder von Menschen mit ihren Stärken, Schwächen, Erwartungen und Nöten. Dabei werden auch Interessengruppen mit ihren Gruppeninteressen sichtbar.

Die Welt ist nicht in Ordnung, jeder der Protagonisten steht vor anderen Problemen oder nimmt sich ihrer an.

Zunächst geht es um Elektronik, Digitalität und Elektroschrott in der Theorie, als wissenschaftliche Betrachtung. Die erfolgt hier als Momentaufnahme. Die Wissenschaft muss eigentlich Wandlungsvorgänge berücksichtigen, aber Grundprobleme und die Definition, was man unter Elektroschrott versteht, lassen sich als Hilfskonstrukt auch in einer statischen Darstellung sinnvoll beschreiben.

Darauffolgend ergänzt den angekündigten Strauß eine Episode zum ungerechten Wohlstand der Reichen: Die Industrieländer sind ökonomisch die Gewinner im Reigen der Interessen. Sie versuchen, deshalb den Ist-Zustand zu erhalten und, wenn möglich, auszubauen. Mit ständigem Wachstum und mit weiteren Konsumanreizen nehmen sie das Anwachsen des Elektroschrotts als Folge bewusst in Kauf. Die damit verbundenen Übel sind für sie schlichtweg Kollateralschäden. Notwendige Ressourcen werden (unnötig) verknappt oder verbraucht. Im Zeitraum 1990 bis 2015 waren die reichsten zehn Prozent der Weltbevölkerung (630 Millionen Menschen) für 52 Prozent des CO_2-Ausstoßes verantwortlich. Im genannten Zeitraum hatten sich Emissionen mehr als verdoppelt. Mahnende Stimmen zu diesem Verhalten gibt es genug:

Lebensstandard ist kein würdiger Ehrgeiz für eine Nation. (Charles de Gaulle)
Aber die größten Egoisten verlangen immer am meisten Verständnis.

Reich ist man nicht durch das, was man besitzt, sondern mehr noch durch das, was man mit Würde zu entbehren weiß. (Volksweisheit)

Wie bei Fragen der Umweltzerstörung werden sich frühere Generationen gegenüber den nachfolgenden für die eigennützige Ausbeutung natürlicher, sozialer und ethischer Ressourcen rechtfertigen müssen.

Automatisierung und Digitalisierung zur Verbesserung des Lebensstandards werden zum Grund für neue elektronische Geräte und für den daraus anfallenden Elektroschrott. Wir verstehen uns als die Sprintergeneration und nicht als die Dauerläufer, die nach dem Zweiten Weltkrieg geduldig den Wiederaufbau angingen. Wir sind schnelle Menschen für schnelle Zeiten! Schnell durch die Digitalisierung! Das ist keine geeignete Entschuldigung, sondern zeigt einen Teufelskreis auf. Die ungehemmte Konsumgesellschaft sollte eher beachten, dass sie in ihren reichen, schönen Ländern auf Messers Schneide lebt. Die Armen drängen schon nach! Der Strom der Migranten zu uns her ist unübersehbar.

Auch das Elend der Ärmsten der Armen rückt in den Fokus:
Spuren finden sich besonders in Entwicklungs- und Schwellenländern. Die Entsorgung von Elektroschrott ist dort günstiger als in den reichen Ländern. Das Prinzip der Gewinnmaximierung verlangt den Transport des Unrats dorthin. Anfänglich wurde er sogar als Entwicklungshilfe verbrämt. Elektroschrott enthält nämlich neben Restmüll wertvolle Inhaltsstoffe wie Gold, Kupfer, Nickel, Blei und seltene Materialien wie Indium oder Palladium. Wirtschaftlich lohnt sich das Recyceln, dort, wo der Schrott entsteht, jedoch nicht. Die Lohnkosten und die Schutzvorschriften sind dafür zu hoch.

Wie lange gibt es noch genügend Nachschub an Rohstoffen? Wann sind die Recyclingtechniken endlich kostengünstig ausgefeilt? Bevor das erreicht ist, sind es die Ärmsten der Armen in den Empfängerländern, die als Sammler der Wertstoffe von einem Tag auf den anderen ihr Leben fristen, indem sie mit primitivsten Mitteln die Schrottteile ausbeuten und dabei ihre Gesundheit und ihr Lebensumfeld ruinieren.
Quid pro quo als Rechtsgrundsatz und als ökonomisches Prinzip gilt für sie nicht. Diese Menschen geben ihre Arbeitskraft hin, ohne dafür eine angemessene Gegenleistung zu erhalten. Bedeutende Menschen sind darüber in Resignation verfallen:

Die Welt hat genug für jedermanns Bedürfnisse, aber nicht für jedermanns Gier. (Mahatma Gandhi)

Weit entfernt ist das Ziel, eine globale, soziale und umweltverträgliche Kreislaufwirtschaft mit fairen Spielregeln zu finden. Bemühungen in diese

Richtung sind nicht genügend erkennbar. Industrie-, aber auch Schwellen- und Entwicklungsländer sind, immer noch mit Eigeninteressen, am Werk und in ihnen die Politik, die Unternehmen und die Konsumenten. Das Karussell der Entsetzlichkeiten dreht sich weiter. Verteilungskämpfe verlaufen im Gleichschritt. Jeder will überleben. Und wie überlebt man leichter als auf Kosten der anderen?

Aber nur ein Teil der Menschen kann auf Kosten der anderen leben, nicht die ganze Menschheit. (Klaus Michael Meyer-Abich, deutscher Physiker und Naturphilosoph)

Das Szenario des Untergangs unseres Planeten bleibt schon deshalb realistisch.

Politiker, Journalisten, Künstler und andere nehmen das Wort. Oftmals sprechen sie als sprachlich schöne Blitze Worte des Zorns und der Fassungslosigkeit oder bewegen mit ihren Werken. Sie machen nicht nur leere Versprechungen, sie halten sich auch daran. Die Probleme sind aber so komplex, dass alle vorbehaltlos an die Sache herangehen müssten. Doch Vorbehaltlosigkeit ist selten gegeben.

So erweist sich zum Beispiel die Politik oft als Führung öffentlicher Angelegenheiten zum privaten Vorteil (Ambrose Bierce) und ihr Beamtenapparat als von Zwergen bediente Riesenmaschinerie der Bürokratie. (Honoré de Balzac)

Gedanken zum Ende der Welt komplettieren den Strauß der Überlegungen. Mit der Kraft einer Offenbarung treten dabei die mit dem Untergang verbundenen Ängste der Menschheit zutage. …

Die geschilderten Episoden sind ein fiktives Abbild der Realität. Personen, soweit sie nicht solche des öffentlichen Lebens sind, sind frei erfunden.
Unser blauer Planet ist durch die Menschheit gefährdet und zum Un-

tergang verdammt. Nur durch unser aller Einsicht besteht die Chance für eine Wendung zum Besseren.

Man muss die Welt so nehmen, wie sie ist, aber man darf sie nicht so lassen. (Willy Brandt) Die Informationen in diesem Buch können Sie in die richtige Richtung lenken.

Es gibt nichts Gutes, außer man tut es. (Erich Kästner)

Es erwarten Sie nicht nur aufgereihte Tatsachen.

Der Text als Behälter der Informationen erhält Farbe durch menschliche Züge, durch die Wesensarten derer, die agieren. Ihr Verhalten offenbart ihre Charaktere. Dadurch wird der schwer zu verdauende Stoff erträglicher, aber auch berührender. Ich wünsche Ihnen eine gute Reise durch die einzelnen Episoden. Machen Sie die Vorhänge auf und sehen selbst.

Elektronik, Digitalität
und ihr Elektroschrott in der Wissenschaft

Die Theorie ist eine Vermutung mit Hochschulbildung. (Jimmy Carter)

Herbst 2015, es war gegen 7:00 Uhr morgens, Bochum erwachte. Die kreisfreie Stadt war neben Duisburg, Essen, Dortmund und Hagen eine der fünf Oberzentren des Ruhrgebiets. Heute würde es ruhiger zugehen, als während der meisten Zeit des Jahres. Die Ruhruniversität hatte Semesterferien, und von den über 40.000 Studierenden, die zu den etwa 370.000 Einwohnern gehörten, war eine Vielzahl zurzeit nicht in der Stadt.

Professor Dr. Emil Fischer, Leiter der Fakultät für Elektrotechnik und Informationstechnik, wollte heute zu Hause arbeiten und nicht in die Uni gehen. Der Professor war Frühaufsteher und saß bereits in seinem Arbeitszimmer am Schreibtisch und schaute sinnierend in den gepflegten Garten. Für ihn, wie die meisten Menschen, brauchte es am Morgen vor allem eins: eine duftend heiße Tasse Kaffee. Ohne sie erschien der Start in den Tag unmöglich. Zum Frühstück aß er später nur einen Apfel. Kaffeegeruch füllte wohltuend den Raum. Die Gedanken des Professors befassten sich mit seiner persönlichen Situation. Im Resümee war er mit seinem Leben sehr zufrieden. Alle Bereiche passten. Mit seiner Frau Elisabeth war er schon viele Jahre glücklich verheiratet. Die Ehe resultierte aus einer Studentenliebe, die gehalten hatte. Elisabeth hatte ein Semester nach ihm Pädagogik studiert und das Studium, wie er, erfolgreich abgeschlossen. Mit Gerd und Mareike hatten sie zwei Kinder bekommen, die schon flügge waren und sich gut machten. Nun waren sie beide in der geräumigen Villa übriggeblieben, die in Nähe des botanischen Gartens und damit fußläufig zum Universitätsgelände lag. Sie wohnten im Stadtteil Stiepel, in der teuersten Wohngegend der Stadt. In der Nähe lagen die Erholungsgebiete Lotten-Tal und Kemnader-See. Oberhalb des Stausees befand sich, eingebettet in einen Grüngürtel, der landschaftlich reizvolle 18-Loch-Golfplatz des Bochumer Golfclubs, den seine Frau und er so liebten. An ihm klebten Erinnerungen vieler schöner Runden. Der Professor war inzwischen 55 Jahre alt und immer noch sportlich und fit. Darauf achtete er sehr. *Mens sana in corpore sano*, ein gesunder Geist in einem gesunden Körper, war ihm eine geläufige Redewendung. Er spielte, wenn immer möglich, Golf, um seinen Körper fit zu halten und mit der dabei abverlangten Konzentration seinen Geist zu trainieren.

In seinem Fach hatte er schon seit Längerem über die Landesgrenzen hinaus hohes Ansehen gewonnen. Diesem Umstand, vielleicht auch ein wenig dem Zutun eines Parteifreundes der Christdemokraten, war geschuldet, dass er von der Bundesregierung mit einem Einführungsreferat zum Thema Elektroschrott, Spuren des Wohlstands, des Elends und der Gefahr beauftragt worden war. Mit dem Thema sollte im nächsten Frühjahr ein renommiert besuchter Fachkongress eröffnet werden. Heute wollte sich Professor Fischer über die Grundzüge des Vortrags im Klaren werden. Er hatte bereits eine Vorstellung über die Vorgehensweise: Für die richtige wissenschaftliche Darstellung war nur die intakte Funktionsweise des menschlichen Verstandes vonnöten. Seiner würde ihm die Art und Weise schon zeigen. Teile der bisherigen Forschung mussten infrage gestellt werden, andere getroffene Entscheidungen waren zu präzisieren und zu begründen. *Quod erat demonstrandum.* Ein Handwerker nutzte dieselbe Denkarbeit in gleicher Art, dachte er demütig. Fischer musste lediglich für seine komplexeren Analysen fein abgestufter zu Werke gehen. Für morgen hatte er sich mit dem Dozenten Dr. Manfred Simmel verabredet. Der wollte es übernehmen, zusammen mit Doktoranden, aus Fischers Rohkonzept ein stimmiges Ganzes zu erarbeiten. Die Zusammenführung der einzelnen Referatsteile lag in Simmels Hand. Professor Fischers Frau schätzte Manfred Simmel sehr und hatte sofort angeboten, für morgen etwas Leckeres zu kochen. Also trafen sich die beiden Männer gegen 13:00 Uhr im Privathaus des Wissenschaftlers.

Emil Fischer war froh, dass seine Einführung insbesondere für Kollegen gedacht und nicht nur als Statement für Politiker bestimmt war. Die ordnete er im Stillen in der Mehrzahl gerne als Münchhausen-Täter ein. Sie agierten in seinen Augen meist nur, um auf sich selbst aufmerksam zu machen. Sein Lieblingsmoderator und Showmaster Frank Elstner hatte mal gesagt:

»Mikrofone sind das Einzige, das sich Politiker gerne vorhalten lassen.«

Der Professor musste in Erinnerung dieser Aussage grinsen. Seine Zeit wäre ihm wirklich zu schade gewesen, nur für Politiker dienlich zu sein. Dafür waren die zu erörternden Probleme viel zu ernst. Der Zustand der Welt, auch in diesem Bereich, konnte einem durchaus den Schlaf rauben. Fischer hatte sich schon länger mit dem Thema befasst. Nun galt es, seine bisherigen Überlegungen in Kurzfassung vorzutragen.

Emil Fischer stand auf und holte sich aus der Kaffeemaschine eine weitere Tasse Kaffee schwarz. Die sollte der Startschuss werden, mit dem Brainstorming zu beginnen. Er hatte bereits Block und Stift auf der Schreibtischplatte zurechtgelegt. Er bevorzugte zunächst handschriftliche Aufzeichnungen, bevor er sie genauer formuliert in seinen Laptop übertrug. Zunächst suchte er für den Hauptbegriff »Elektroschrott« eine griffige Definition. Eigentlich lehnte er abschließende Definitionen ab, Probleme waren viel zu komplex, um sie mit *einer* Definition zu beschreiben. Außerdem verlangten Definitionen meist Fortentwicklungen. Aber eine Arbeitsdefinition für den Moment und für ein eingegrenztes Thema brauchte man. Er sammelte fast eine halbe Stunde Einzelbestandteile, die ihm wichtig erschienen und erarbeitete die folgende Definition, die Herr Simmel mit seinen Leuten natürlich nochmals überprüfen musste:

- *Als Elektroschrott werden all jene Geräte oder deren Bauteile bezeichnet, welche strom- oder batteriebetrieben waren und aus objektiven Gründen in ihrem momentanen Zustand oder auch endgültig ausgedient haben.*

Nun kam er fast automatisch auf die sechs W-Fragen: *Wer, was, wann, wo, wie, warum?* Mit seinen Überlegungen wollte er ein Formblatt ausfüllen. Seine Stichworte und Verweise sollten so ausführlich ausfallen, dass seine Helfer die große Linie seiner Gedanken vor Augen hatten, wenn sie das Referat ausarbeiteten. Er begann mit der Frage: *Wann* wurde das Problem Elektroschrott evident? Der Professor entschloss sich, den Zeitpunkt am ersten großen internationalen Abkommen gegen Elektroschrott festzumachen: Das Elektroschrottproblem hatte eine große Anzahl Vertragsstaaten auf einer Konferenz in Nairobi mit der sogenannten Baseler Konvention (1989) erstmals zum Thema gemacht. 169 Länder unterzeichneten Anfang der 90er Jahre ein weltweites Verbot von Giftmüllexporten. Elektroschrott durfte laut dem Übereinkommen nicht in Länder exportiert werden, die keine angemessene Recycling-Infrastruktur hatten. Giftmüll musste möglichst nah am Ort seines Anfallens entsorgt werden. Eine internationale Verschiffung sollte die Ausnahme sein. Nur reparable Altgeräte durften noch in Schwellen- und Entwicklungsländer exportiert werden, weil sie, repariert, für die lokale Bevölkerung erschwinglicher als neue Geräte waren. Für den rasanten Anstieg des Elektroschrottvolumens gab er einige Statistiken vor, die während des Referats an die Wand geworfen werden sollten.

Wer waren die an den Problemen beteiligten Parteien? Professor Fischer stellte die relevanten Gruppen zusammen:

- Industrieländer, Schwellenländer, Entwicklungsländer, Hersteller, Händler, Exporteure, Verbraucher, Politiker, Sammler und Verwerter des Elektroschrotts.

Um *was* es ging, hatte er bereits in der Definition festgelegt.

Aber *was* war zu tun? Er ordnete seine Gedanken danach, wie die Spuren des Elektroschrotts seiner Meinung nach in den Griff bekommen werden konnten. Er führte die entsprechenden Stichworte zu seinen Gedanken auf:

Zu Wohlstand (global):

- Faire Verteilung der Erträge. (*Quid pro quo* als Rechtsgrundsatz).

- Schonen der knappen Primärrohstoffe aus natürlichen Ressourcen, durch Verzicht auf unnötigen Konsum. (Vermeidung des Konsums überhaupt, längere Nutzung der Geräte, Langlebigkeit und Reparaturfähigkeit der Geräte).

- Lückenloser Recyclingkreislauf zwecks Ressourcenerhalt. (Sekundärrohstoffe, wiedergewonnene Rohstoffe anstatt Abbau weiterer Primärrohstoffe). Als wegweisend ist das europäische Projekt aus 2007 *make IT fair* zu nennen: *Unternehmen erkennen Rohstoffverantwortung an.*

- In den Haushalten gelagerte Altgeräte für Recycling in den Kreislauf zurückführen.

- Ressourcenrelevante Geräte für das Ausschlachten besser erfassen.

- Sammelmenge für Recycling erhöhen (kein Versickern im Restmüll). Anmerken wollte er dazu, dass die weltweite Rücklaufquote von Elektronikgeräten schätzungsweise nur bei 15 bis 20 Prozent lag.

- Abbau von Interessenskonflikten (beispielsweise wehren sich manche Mitgliedstaaten der Basler Konvention gegen strenge Entsorgungsvorschriften, da sie Arbeitsplatzverluste befürchteten. Reiche Rohstoffvorkommen heizen zudem immer wieder regional kriegerische Konflikte an (siehe Demokratische Republik Kongo).

Zu Elend:

Abbau sozialer Missstände durch:

- Verpflichtende Einhaltung der Menschenrechte.

- Entschärfung der Verteilungskämpfe.

- Veränderung der Marktwirtschaft mit Gewinnmaximierung in Richtung soziale Marktwirtschaft.

- Einigung auf ein Mindestvergütungssystem (in den armen Ländern ist die Wiedergewinnung von Rohstoffen aus Elektroschrott viel zu schlecht bezahlt).

- Globaler Aufbau von Sozialversicherungssystemen (in den armen Ländern ist die Wiedergewinnung von Rohstoffen aus Elektroschrott gesundheitsschädlich, gefährlich und ohne medizinische Betreuung).

Wer keine Zeit für seine Gesundheit hat, wird später viel Zeit für seine Krankheiten brauchen. (Sebastian Kneipp, Naturheilkundler und katholischer Theologe)

Zu Gefahren:

Abbau ökologischer Missstände durch Strategien gegen Umweltgefahren:

- gegen Einwirken von Lärm, Schmutz, Strahlung zum Beispiel durch uranhaltigen Abbau von Kobalt, toxische Gifte ...).

- Strategien für den Grundwasserschutz,

- für die Reinigung der Luft von Emissionen,

- für die Entgiftung von Böden, Bauwerken und Gerätschaften, (Verbote und Beschränkungen toxischer Stoffe in Geräten, Richtlinien zur Beschränkung der Verwendung bestimmter gefährlicher Stoffe in Elektro- und Elektronikgeräten.)

Mit folgender Information die Zuhörer schockieren: 2 Prozent des weltweiten Ausstoßes des Treibhausgases Kohlendioxid (CO_2) entfallen auf IT und den daraus anfallenden Elektroschrott! Die Auswirkung auf das Klima ist bereits messbar.

Folgende Teilbereiche müssen rasch fortentwickelt werden:

- Ausbau lokaler Strukturen sowie die Einführung effizienter, umweltverträglicher Techniken zur Rückgewinnung von Wertgütern.

- Internationale Recycling-Kooperationen.

- Technologietransfer.

- Transparenz in der Recyclingkette: vom Sammeln, Sortieren, Zerlegen und Aufbereiten zum Material-Recycling selbst.

- Transparenz in der Lieferkette der Neugeräte, aber auch des Elektroschrotts.

- Einheitliche Standards zum Schutz der Abbaugebiete (große Waldflächen verschwinden heutzutage, auch Tierarten und Pflanzen, Wasserquellen werden verseucht und Landschaftsformationen für immer zerstört).

- Strategien gegen Gesundheitsgefährdungen (dazu gehören optimierter Arbeitsschutz, gesundheitliche Vorsorge, zeitnahe Gesundheitskontrolle, Vermeidung exzessiver Überstunden und geschlechtsspezifischer Diskriminierung, Altersregelung für die Arbeitsfähigkeit).

Wie kann reguliert werden? Der Professor sortierte seine Gedanken von übergeordneten Punkten hin zu Unterpunkten:

- Gesetze, Verordnungen und Richtlinien bedürfen des Schließens erkannter Lücken durch Novellierungen und Ergänzungen. (Den Prozess des Entstehens des heftig kritisierten *Gesetzes über das Inverkehrbringen, die Rücknahme und die umweltverträgliche Entsorgung von Elektro- und Elektronikgeräten kurz ElektroG* als Beispiel erläutern!)

- Lücken erkennen durch Learning by Doing.

- Regelungen der Verantwortlichkeiten für die Entsorgung (dazu gehört die geteilte Produktverantwortung, Pflichten zum einen bei den öffentlich-rechtlichen Entsorgungsträgern, zum anderen bei den Herstellern).

- Denkanstöße: Entsorgung auf kommunalen Sammelstellen in Betracht ziehen sowie die übernationale Einführung einer Wertstofftonne bei der Mülltrennung, mobile Deponiefahrzeuge, Rücknahmeverpflichtungen des Handels.

Als Einzelmaßnahmen besprechen:

- Akzente setzen bei öffentlicher Beschaffung,

- bessere Umsetzung des Elektroschrottexportverbots,

- Hilfe für Schwellen- und Entwicklungsländer beim Aufbau sozial- und umweltverträglicher Recyclingsysteme und kontrolliertes Elektroschrottmanagement,

- Lösung der Vollzugsprobleme bei der Abgrenzung von Abfall und Nicht-Abfall,

- Entwicklung von Qualitätsstandards für Altgeräte, deren Export erlaubt ist,

- höhere Vollzugsstrafen und zahlreichere Stichproben gegen den Verpackungsschwindel,

- ökologische und sozialverträgliches Produktsortiment im Handel (zum Beispiel Stromfresser aus dem Sortiment verbannen).

- Einheitliche Regelungen der Finanzierung aller Maßnahmen. (Aus Steueraufkommen, durch Hersteller, Händler, Konsumenten, zum Beispiel Handypfand)

Zum *wo* müssen alle angesprochenen Prozesse stattfinden? hatte Professor Fischer eine eindeutige Meinung:

Probleme müssen überall auf der Welt angegangen werden. Das bedeutete Kompromissbereitschaft, aber auch Inkaufnahme von Verzögerungen und zeitweiligen Stillstand. Man muss sich vor übereilten Vorurteilen gegenüber anderen Kulturen und Systemen hüten. Kein Blatt gleicht dem anderen. Keine Kultur ist besser als die andere. Irgendwas kann jede von der anderen lernen! Es gilt einen interkulturellen Dialog zu eröffnen. Es herrscht keine Dichotomie, eine Struktur aus zwei Teilen, die einander ohne Schnittmenge gegenüberstehen. Das überproportionale Engagement der reichen Länder, besonders das finanzielle, ist unvermeidbar.

Jegliches Geschehen an einem bestimmten Punkt in der Welt ist von lokal-regionaler und gleichzeitig von global-überregionaler Bedeutung!
(Merksatz)

Warum das alles? Die ansonsten düsteren Prognosen für die Zukunft aufzeigen. Ein Weiter-so führte auf Dauer in die Apokalypse. Bereitschaft zum Umdenken und Umlenken hingegen kann die Rettung sein (zum Beispiel mit einer Zielvereinbarung für alle Bereiche, wobei realistische Zwischenziele Sinn machten).

Professor Fischer las seine Aufzeichnungen mehrfach durch. Er korrigierte das ein oder andere oder setzte es um. Als er mit der Rohfassung am Computer fertig war, kopierte er das Papier für das morgige Gespräch mit Dr. Simmel. Er schaute auf die Uhr. Es war 14:30 Uhr. Das Wetter war stabil, und es war noch früh genug für eine Runde Golf. Er hatte sich schon am Morgen sportlich angezogen. Seine Golfausrüstung lag immer im Kofferraum seines Wagens. Er konnte sofort losfahren. *Mens sana in corpore sano* als Alibi, dachte er grinsend.

Emil Fischer war froh, dass er für sich allein eine Startzeit bekommen hatte. Er war noch angespannt wegen des konzentrierten Arbeitens und wusste, dass er besser allein mit sich selbst wieder runterkommen konnte. Das erste Loch war ein Par fünf und dort konnte er seinen mentalen Zustand testen. Er war kein Longhitter, deshalb musste er eine 5-Schlag-Strategie wählen. Überraschend landete sein Tee-Shot bereits neben dem Bunker. Er hatte eine gute Ausgangsposition für einen Bogey, ein Ergebnis von einem Schlag über Par. Er war mit sich sehr zufrieden, als er das erste Loch wirklich so nach Hause brachte. Nicht alle weiteren Löcher liefen gleich gut. An Bahn neun verdarb er sich seinen Score. Bei diesem kurzen Par drei Loch herrschte wieder mal Rückenwind und der Ball ging bergab bis kurz vor die sehr nahe Ausgrenze. Der folgende Chip ging ungenau, und auf dem sehr stark ondulierten Grün brauchte er nochmals drei Schläge. Mit zwei Schlägen über Par, allein bei diesem Loch, lag er zur Halbzeit vier Schläge über seinem Handikap. Das wurmte ihn, aber Golf verlangte Demut. Entsprechend wollte er sich verhalten. Das Wetter war gut, auch am Zustand des Platzes lag sein Spielergebnis nicht, er wollte konzentriert weitermachen. Wie die erste Bahn war auch die letzte, Bahn achtzehn, ein Par fünf. Der Teich hinter dem Grün zerstörte vollends seine Träume von einem zufriedenstellenden Score. Er versenkte seinen Ball im Wasser. Nun war er um Seelenmassage bemüht. Ich habe gekämpft, bin an der frischen Luft gewesen und mein Kopf fühlt sich wieder freier an als zuvor. Das Spiel hat sich also gelohnt. Das nächste Mal wird es wieder besser laufen, dachte er für sich.

Er fuhr nach Hause zurück, fest entschlossen, am Abend mit seiner Frau noch eine gute Flasche Rotwein zu trinken. Das taten sie, und es wurde ein sehr schöner Abend.

Elisabeth Fischer war, wie ihr Mann, eine Lerche, also früh auf den Beinen. Sie bereitete gerade den Einkaufszettel für das Mittagessen vor. Sie hatte sich entschlossen, etwas typisch Westfälisches auf den Tisch zu bringen. Sie wusste, dass dies sowohl ihr Mann, aber auch Dr. Simmel schätzte. Sie hatte sich für einen deftigen Pfefferpotthast entschieden. Das Gericht passte bestens zum herbstlichen Wetter. In Dortmund war es sogar Brauch, diesem Essen im Herbst ein eigenes Pfefferpotthastfest zu widmen. Elisabeth brauchte Rindfleisch und Schmalz sowie Zwiebeln. Gewürzgurken, Rote Bete und Semmelbrösel schrieb sie noch hinzu. In ihrem Vorratsschrank hatte sie nachgesehen, Lorbeerblätter, Nelken, Kapern und eine Zitrone waren vorhanden. Die Zubereitung würde ihr schnell von der Hand gehen. Das Fleisch wurde in Schmalz kräftig angebraten. Mit einer gleich großen Menge an Zwiebeln, Lorbeerblättern und mit einigen Nelken wurde das Gemisch weich geköchelt, bis alles in Fasern zerfiel. Nachdem das Gemenge mit Kapern, Salz und viel Pfeffer und einem Spritzer Zitronensaft abgeschreckt war, wurde die Masse mit Semmelbröseln gebunden. Sodann konnte das Gericht mit Salzkartoffeln, Roter Bete und Gewürzgurken serviert werden. Mit einem kühlen Bier würde es ihr und den beiden Männern bestimmt munden. Sie freute sich auf dieses Essen.

Dr. Simmel kam pünktlich, und auch das Essen war fertig.

Bei Tisch wurde eine eherne Regel der Fischers eingehalten: Man sprach beim Essen nicht über Geschäftliches. Bald plätscherte eine angenehme Konversation vor sich hin. Das Gespräch kam auf die geplanten Skiurlaube im Dezember. Alle drei waren begeisterte Skiläufer. Die Fischers wollten in die Schweizer Alpen, nach Crans-Montana, Dr. Simmel zog es mit mehreren Freunden nach Tirol. Bald wurden die Pisten durchgehechelt, die Preise der Skipässe ausgetauscht und auch die Hotels schwärmend geschildert. Crans-Montana hatte spätestens mit der Skiweltmeisterschaft 1987 den Durchbruch zum mondänen Skiort geschafft. Inzwischen gab es im Umfeld rund 160 Kilometer Skipiste. »Hoffentlich haben wir genug Schnee«, schloss Emil Fischer das Thema ab.

Das Hauptgericht fand nicht nur der Gast äußerst köstlich. Auch die Nachspeise, ein leichter Obstsalat mit etwas Schlagsahne, wurde bis auf den letzten Rest verspeist. Die beiden Männer waren voll des Lobs auf die Kochkunst der Hausherrin.

Recht zügig zogen sie sich danach ins Arbeitszimmer zurück, um bei Kaffee und Wasser das Referat durchzusprechen. Sie kannten durch die lange Zusammenarbeit ihre jeweilige Arbeitsweise gut. Die Aufzeichnungen des Professors warfen wenig Nachfragen auf und erwiesen sich als selbsterklärend. Unausgesprochen war klar, dass Manfred Simmel das Recht hatte, zu kürzen, hinzuzufügen und umzugruppieren. Das Referat sollte nicht länger als zwanzig Minuten dauern. Nach etwa dreißig Minuten ließ erfahrungsgemäß die Aufmerksamkeit der Zuhörer nach. Das wollten beide vermeiden. Manfred Simmel sagte zu, zu allen Themenbereichen eine wissenschaftlich fundierte Quellensammlung zu verfassen. Sie würde am Abschluss der Eröffnungsveranstaltung allen Teilnehmern in Printform ausgehändigt werden. Auch ein Skript mit Kernsätzen und Zitaten wollte er erstellen. Anschließend wurde der Medieneinsatz erörtert. Wo immer sinnvoll, sollten Folien, im Hintergrund auf die Leinwand geworfen, den Vortrag unterstützen. Abspielen von Audio-/Videofiles wurde nicht vorgesehen. Man wollte das Ganze nicht überfrachten. »Diese Medien könnten höchstens Bedeutung gewinnen, wenn ein wichtiger Teilnehmer, zum Beispiel unsere Ministerin, die die Schirmherrschaft übernommen hat, überraschend absagen muss. Dann könnte ein Grußwort Sinn machen« , schränkte der Professor die gerade getroffene Entscheidung ein. Manfred Simmel hatte für weitere Gestaltungsmaßnahmen freie Hand. Ein wichtiger Vorschlag von ihm fand sofort des Professors Zustimmung: Über das WLAN-Netz der Uni sollten im großen Hörsaal ausgewählte Studenten das Referat, aber auch die nachfolgende Debatte, miterleben können. Die Studierenden konnten sich hierdurch das Rüstzeug für eine spätere Klausur holen. Die eingespielte Zusammenarbeit der beiden Männer machte es möglich, schon um 16:30 Uhr wieder auseinanderzugehen. Dr. Simmel tat dies mit besonderem Dank an die Hausfrau. Beide Männer waren sich sicher, mit gemeinsamer Anstrengung das Eröffnungsreferat als Impuls für die Tagung zum Erfolg werden zu lassen.

Anmerkungen zur wissenschaftlichen Theorie

Die traditionelle Perspektive sah die wissenschaftliche Theorie als vorangehende, entwickelnde Instanz.

Inzwischen hatte sich durchgesetzt, dass, insbesondere bei vielschichtigen Themen, ein Zusammenwirken von Theorie und Praxis in einem kommunikativen Prozess gesucht wird. Es gibt damit in der Forschung keine lineare Abfolge der Erkenntnisgewinnung und der Implementierung mehr. Der Einbau oder die Umsetzung von theoretisch entwickelten Strukturen und Prozessabläufen wird simultan auf praktische Anwendungsfelder übertragen und in einem zirkulären Prozess überprüft und fortentwickelt. Der Zyklus umfasst die Phasen: Konzeption – Implementierung – Reflexion – Konzeption. ...

Es werden empirische Überprüfungen vorgenommen und daraus resultierende Wandlungsvorgänge erkannt. (Welche Theorien und Modelle sind für die Praxis noch problemangemessen? Löst die Theorie im Hinblick auf die Fragestellung das Problem?) Der Prozess ist endlos und damit aufwendig.

Ein einfaches Beispiel für einen zyklischen Prozess:

Man beginnt mit der Hypothese, dass der Gebrauch von digitalen Geräten bei Kindern zu Entwicklungsstörungen führt. Dazu gehören Hyperaktivität, Sprachstörungen, Konzentrationsprobleme, vermehrter Genuss von Süßgetränken und Süßigkeiten neben der digitalen Nutzung.

Durch empirische Untersuchungen kann man präzisieren, ob unterschiedliches Gerät oder unterschiedliches Kindesalter für unterschiedliche Beeinträchtigungen entscheidend sind und in welchem Maße. Die Hypothese wird damit zur allgemeingültigen Aussage. Die Aussage bestätigt die

Hypothese oder führt zu ihrem Verwerfen. Liegt ein bestätigtes Ergebnis vor, reflektiert man die Möglichkeiten der Störungsvermeidung oder -minderung. Man geht zur nächsten Hypothese über, z.B.: Reduziert man die Reize moderner Medien, können sich die Kinder besser konzentrieren. ...

Das wirtschaftlich starke Deutschland und seine Repräsentanten im Elektro- und Elektronikgeschäft

Wo begegnet man bösen Menschen? – In der Praxis.
Wo den guten? – In der Theorie.
(Erhard Blanck, deutscher Heilpraktiker, Schriftsteller und Maler)

Die Ampere GmbH & Co. KG hat ihren Verwaltungssitz in Köln am Theodor-Heuss-Ring. Die Gesellschaft handelt mit Elektro- und Elektronikgeräten aller Art. Sie eroberte unter tatkräftiger Führung in den letzten vier Jahren sowohl im Onlinegeschäft als auch mit ihren Filialläden die Position des Marktführers. Edgar Wilms, ein echter Alphamann, der geschäftsführende Eigner, hatte den Sitz der Gesellschaft mit Bedacht ausgewählt. Köln ist eine Medienstadt und steht damit schon an sich für die Wichtigkeit von *»eFuture«*. Zudem ist die Gamescom, die weltweit größte Messe für Computer- und Videospiele, ebenfalls hier zu Hause. Diesen Rang hat die Messe sowohl nach der Ausstellungsfläche als auch nach der Besucherzahl inne. Hersteller aus aller Welt präsentieren dort jährlich ihre neue Soft- und Hardware. Ampere hatte zur Gamescom von Anfang an Schulterschluss gesucht.

Das moderne Verwaltungsgebäude von Ampere war in exponierter Lage errichtet worden. Der Dom und die Altstadt, aber auch der Hauptbahnhof mit Transferanbindung zum Flughafen Köln-Bonn waren fußläufig zu erreichen. Das Verwaltungsgebäude bot mit viel Glas helle Räume. »Man zeigt Transparenz!«, war ein Lieblingssatz des Chefs. Wenn die Sonne zu sehr schien, dunkelten sich die Scheiben automatisch ab. Auch ansonsten blieb bei Ampere einiges im Dunkeln. …

Die größten Fenster lagen auf der Front, die zum Rhein ausgerichtet war. Aus den höheren Etagen sah man auf den Fluss mit den dahinfahrenden Frachtschiffen und touristischen Rheindampfern. Direkt am Ufer stand das dunkelgelbe Gebäude der Bastei. Denkmalgeschützt, in der Form eines Pilzes gebaut, war das ehemalige Nobelrestaurant immer noch ein Blickfang. Der schmalere, stilartige Aufgang zur Restaurantebene hatte das Ende der Glanzzeit des Gourmettempels eingeläutet. Die neuen Sicherheitsbestimmungen machten die schmale Wendeltreppe als einzigen Zu- und Abgang nicht mehr akzeptabel. Auch von Asbestbefall wurde gemunkelt. Inzwischen schlemmte man eher in der Innenstadt, zum Beispiel im Ratskeller des Excelsior Hotel Ernst am Dom.

Der Fußweg mit Geschäftsfreunden dorthin bot Edgar Wilms die Möglichkeit, seine Kenntnis der Kölner Geschichte unter Beweis zu stellen. Man passierte am Rheinufer einen Turm, welcher der alten Stadtmauer vorgelagert gewesen war. Der Wehrturm trug im Volksmund den Namen Wegschnapp. In seiner oberen Etage befand sich ein Gefängnisraum, der nach alten Berichten für grausame Hinrichtungen genutzt wurde. Die Gefangenen bekamen keine Nahrung, aber an einem Seil hing von der Decke ein kleiner Laib Brot herab. Wenn sie im Hungerwahn danach sprangen und wieder auf den Dielen aufschlugen, öffnete sich unter ihnen eine Falltür. Die Unglücklichen fielen in einen messerbestückten Schacht, wurden grausam zerstückelt und in den Rhein gespült. Diese Geschichte erzählte der Besitzer von Ampere nur allzu gern und hatte mit ihr viel Erfolg.

Der Ein-Meter-neunzig-Mann, der jeden Raum dominierte, saß in seinem Chefbüro hinter dem übergroßen Eichenschreibtisch. Der war das einzige antike Stück in dem ultramodern eingerichteten Raum. Es war ein Erbstück aus seinem Elternhaus. Edgar Wilms sah erschöpft aus, er hatte Sorgen. Er war nun schon den dritten Tag über Nacht im Büro geblieben. Inzwischen war es schon wieder 20:00 Uhr. Bei Edgar Wilms häuften sich momentan die Probleme. Gerade beschäftigte er sich mit einem ungutem

Steuerproblem. Seine Bank hatte ihm vor einigen Jahren eine Investition in ein vermeintlich lukratives Cum-Ex-Geschäft empfohlen. Edgar Wilms kannte sich damit nicht aus, aber die Rendite reizte ihn, und die namhafte Rechtsanwaltskanzlei, die er hinzuzog, gab grünes Licht. Also stieg er mit einem zweistelligen Millionenbetrag ein. Nun war dieses Geschäftsmodell in den Fokus der Steuerermittler geraten. Es ging für ihn nicht nur um Rückzahlung eines Millionenbetrags zu Unrecht erstatteter Steuern, sondern möglicherweise um einen Steuerstraftatbestand. Er blätterte durch den Schriftwechsel mit der Steuerkanzlei. Mittlerweile hatte er das Modell verstanden. Bei Cum-Ex-Geschäften kam es zur mehrfachen Erstattung von Kapitalertragsteuer, obwohl die nur einmal an den Fiskus abgeführt worden war. Davon hatte er profitiert.

Das Dividendenstripping hatte folgenden Ablauf genommen: Seine Bank hatte ihm ein Aktienpaket einen Tag vor der Dividendenzahlung einschließlich Dividendenwert, also »cum«, verkauft, aber erst zwei Tage später an ihn geliefert. Zum Zeitpunkt der Veräußerung war die Bank noch zivilrechtlicher Eigentümer der Aktie gewesen, er aber bereits wirtschaftlicher. Die Bank hatte deshalb von der Aktiengesellschaft eine Steuerbescheinigung für das Paket erhalten, die Depotbank von Wilms erhielt für ihn aber ebenfalls eine, da er die Aktien schließlich mit Dividendenanspruch gekauft hatte. Dass die deshalb erfolgte Doppelerstattung der nur einmal gezahlten Steuer steuerrechtlich nicht gewollt war, war ihm mittlerweile klar geworden. Ob die Aktion für ihn strafrelevant würde, wurde nun zwischen der Finanzbehörde und seiner Beratungsgesellschaft debattiert. In ihm wuchs die Angst, er müsse für die Teilnahme an einer Steuerhinterziehung und die dadurch verkürzten Steuern und zu Unrecht gewährten Steuervorteile haften. Noch machte ihm der Berater Mut, dass es nicht so dick komme. Aber schließlich hatte er schon einmal auf Berater gehört und war damit in die Bredouille geraten. Es kam anscheinend darauf an, nachzuweisen, dass ihm nicht alle wesentlichen Elemente der Finanztransaktionen bekannt gewesen waren. Sein Steuerberater legte dar, dass ihm zudem nur die Nettodividende übertragen worden sei, und er deshalb an den Einbehalt der Steuer glauben und auf die Unbedenklichkeitserklärung des Anwaltsbüros vertrauen durfte. Die Argumentationskette lief darauf hinaus, dass es sich bei seinem Tun äußerstenfalls um eine Ordnungswidrigkeit gehandelt habe. Edgar Wilms musste auf jeden Fall damit rechnen, dass hohe Beratungskosten und die Rückzahlung der Steuer an ihm hängen blieben. Das belastete ihn nervlich schwer. Seine Weste sollte weiß bleiben, und seine Liquiditätsreserven waren derzeit äußerst gering. Er hatte in den vergangenen Jahren die hohen Erträge immer vollständig ins Unternehmen reinvestiert und sogar zusätzlich Geld für Investitionen aufgenommen. Sonst hätte er die Position des Marktführers nicht erreicht. Er war dabei davon ausgegangen, dass die Steigerung der Umsätze auch künftig weiterging. Damit hatte er sich etwas verspekuliert. Seine Umsätze gingen zwar nach oben, aber viel flacher als zuvor. Schon um die Tilgung der aufgenommenen Kredite zu leisten, reichten die Rückflüsse nicht. Zusätzliche Steuerzahlungen als Liquiditätsabfluss kämen auf jeden Fall zur Unzeit. Die Banken begannen, unbequeme Fragen zu stellen. ...

Zu den Problemen musste er Entscheidungen treffen.

Des Teufels liebstes Möbelstück war die lange Bank.

Er wollte seine Entscheidung nicht auf die lange Bank schieben! Widerständen zu trotzen, war ein Teil seiner Natur. Alles andere wäre in seinen Augen ein Zeichen von Schwäche.

Morgen, ganz in der Frühe, würde er mit seinem Chauffeur nach Frankfurt fahren. Dort fand beim Zentralverband der Elektro- und Elektronikindustrie ein Geheimtreffen von Marktbeteiligten statt. Sie wollten sich mit den Möglichkeiten beschäftigen, der Entwicklung ihres Geschäftsbereichs wieder die alte Dynamik zu verpassen. Er war für den Bereich Händler geladen. Das hatte ihn sehr gebauchpinselt, und er war gewillt, dort Tacheles zu reden. Letztlich war das Ziel des Treffens ganz in seinem Sinn. Die Umsatzkrise wirkte auf ihn wie ein Trigger. In ihm erwachte wieder die unermessliche Gier nach Gewinn. Das machte ihn kreativ, und er fühlte sich hungrig. »Es darf ein bisschen mehr sein«

, hatte er schon als kleiner Junge dem Metzger auf die entsprechende Frage geantwortet. Nun, als ein mit allen Wassern gewaschener Geschäftsmann zeigte er noch viel größeres Verlangen und die Unschuld seiner Kindheit war dahin.

Neben diesen geschäftlichen Problemen sorgte seine Frau Marianne für zusätzlichen Stress. Auf sein Fernbleiben während der letzten Nächte hatte sie höchst unsensibel reagiert:»Haben wir uns inzwischen eigentlich getrennt, und ich habe es nicht mitbekommen?« , waren ihre bissigen Worte gewesen, dann hatte sie das Telefongespräch schon wieder beendet. Diese Frau war zunehmend eine Enttäuschung geworden. Der einzige Mensch, der sie zu interessieren schien, war sie selbst. Dabei hatte er sie aus dem Nichts in höchste gesellschaftliche Kreise geführt. Er war stets finanziell großzügig zu ihr gewesen. Sie hatte mehr Geld zur Verfügung, als sie je erhoffen konnte. Das Lied des Milchmanns Tewje aus dem Musical »Anatevka« kam ihm in den Sinn:

Wenn ich einmal reich wär ... Mein Weib stolziert herum beladen mit Geschmeide und aufgedonnert wie ein Pfau ...

Marianne zeigte keinen Dank, kein Interesse an ihm. Sie erkannte nicht mal, wenn er wirklich Sorgen hatte. Sie war nur eine schöne Larve, auf die er hereingefallen war. Wie verrückt bin ich nach ihr gewesen, dachte er bitter. Am meisten hatte er ihre Lachgrübchen gemocht. Die vermittelten selbst in düsteren Momenten eine permanente Fröhlichkeit. Doch wenn Marianne erreicht hatte, was sie wollte, war die Fröhlichkeit wie weggeblasen. Sie war reine Berechnung. Das hatte er vorher nicht geahnt, auf keinen Fall gewusst. Darum hieß es wohl »Heirat« und nicht »Heiwissen«, ergänzte er seine Gedanken voller Sarkasmus. Für Edgar Wilms stand jedenfalls fest, Marianne hatte nicht nur den Orgasmus, sondern ihre gesamte Einstellung ihm gegenüber simuliert, um bei ihm ans Ziel zu kommen. Dabei hatte sie zu Beginn auf ihn lustig, schön, sportlich und elegant gewirkt. Ehrlich, gefühlvoll und sogar verletzlich fielen ihm noch ein. Nun sah er ein, dass alles nur ein lockender Anstrich gewesen war. Er hatte lediglich in ihr Beuteschema gepasst. Dieses Problemfeld musste er ebenfalls schnellstmöglich bereinigen. Sie hatten, dank weiser Voraussicht, noch vor der Ehe einen Ehevertrag abgeschlossen. Er erinnerte sich vage daran, dass es für die Höhe des Versorgungsausgleichs bedeutsam war, ob ihre Ehe unter drei Jahren andauerte. Das dritte Ehejahr hatte gerade begonnen. Er durfte eine Entscheidung nicht hinauszögern.

Es gab genug andere Mütter, die schöne Töchter hatten, tröstete er sich. ...

Edgar Wilms schaute auf seine Rolex. Es war 6:30 Uhr. Christian Müller würde vor dem Portal schon mit dem A8 auf ihn warten. Wilms war bereit und fuhr mit dem Lift nach unten. Die Unterlagen für den heutigen Termin hatte er am späten Abend noch einmal gründlich gesichtet und war nun gut vorbereitet für das Meeting.

Um diese Uhrzeit war die Fahrt über die Brücke Richtung Frankfurt noch kein Problem. Das Navi zeigte auf der Strecke keine Verkehrsbehinderungen an. Sie würden pünktlich in Frankfurt sein. Christian Müller mochte die frühen Autobahnfahrten. Die Fahrbahn war frei, und er fühlte sich wie Michael Schumacher. Dieses Gefühl wäre noch stärker gewesen, hätte es nicht die vielen Geschwindigkeitsbeschränkungen gegeben. Edgar Wilms hatte sich nach hinten gesetzt, er wollte versuchen, noch etwas zu ruhen. Sein Fahrer hatte das erkannt und gar nicht erst ein Gespräch gesucht. Er erkannte die Stimmung seines Chefs mittlerweile sofort. Jahrelange Erfahrung! Manchmal suchte der Chef förmlich ein Gespräch. Die beiden Männer verband die Liebe zum Fußball, besonders zum 1. FC Köln. Bei diesem geliebten, aber auch oft gehassten Club gab es immer etwas zu diskutieren. Heute war nicht der Tag dafür.

Sie war nicht das erste Mal beim Zentralverband vorgefahren. Der Chauffeur kannte die Anfahrt und auch den Wartebereich für die Fahrer. Als Verabredung für die Rückfahrt reichte der Satz: »Ich lass durchrufen, wenn wir fertig sind.« Edgar Wilms bekam von einem mageren, arschlosen Typ, der die Hose deshalb straffer hochgezogen hatte als andere, am Empfang eine Gästeplakette, wie immer verbunden mit den gewichtigen Worten: »Bitte geben Sie die zurück, wenn Sie das Haus wieder verlassen.« Was für ein Glück, dass wir bei uns solche Sicherheitsmaßnahmen, oder besser gesagt, einen solchen Verwaltungskram, nicht notwendig haben, dachte er und stand schon im Lift, der ihn zum großen Konferenzraum der dritten Etage bringen sollte. Im Raum schaute er sich um. Sechs Personen waren bereits anwesend. Der Kopf des Tisches war noch frei. Der Hausherr, Dr. Dieter Güldenpfennig, hatte sich noch nicht die Ehre gegeben. Nur seine Akten lagen schon auf dem Tisch. Edgar Wilms grüßte salopp in die Runde. Die richtige Vorstellung sollte ruhig der Vorsitzende übernehmen. Er musterte die freien Tischkarten und nahm hinter seiner Karte Platz.

Dieter Güldenpfennig betrat den Raum, kurz nachdem sich der letzte Gast eingefunden hatte. Der alte Fuchs hat sich informieren lassen, dass die Runde vollzählig anwesend ist, dachte Edgar Wilms mit einem anerkennenden Schmunzeln.

Er sah auf seine Armbanduhr, die Sitzung konnte pünktlich beginnen. Der Vorsitzende nahm das Wort: »Meine Herren, ich darf Sie recht herzlich begrüßen und Ihnen danken, dass Sie weite Wege auf sich genommen haben. Einige von Ihnen werden sich kennen, lassen Sie mich trotzdem unsere heutigen Gesprächsteilnehmer mit ihrem Amt einzeln vorstellen. Ich beginne neben mir rechts:

- Dr. Thilo Leif ist unser Interessenvertreter in Berlin und steht unserem Hauptstadtbüro *Public Affairs* vor. Er vertritt neben der Exekutive, der Legislative, der Judikative und den Massenmedien die sogenannte fünfte Gewalt, nämlich den Lobbyismus.

Herzlich willkommen Herr Dr. Leif. Ihre fantastischen Verbindungen zu unserer höchsten Politik waren schon oft hilfreich.

- Ein gleich herzlicher Willkommensgruß gilt Ihnen, lieber Rudolf Bode.

Mit Ihrem Flug aus Hamburg nahmen auch Sie eine längere Anreise in Kauf. Danke, dass Sie damit die Wichtigkeit unseres Treffens zum Ausdruck bringen. Herr Bode vertritt den technischen Sachverstand in der Produktentwicklung. Was entwickelt wird, muss natürlich auch erfolgreich verkauft werden. Dafür steht Edgar Wilms aus Köln als Eigner der Ampere GmbH, der größten Ladenkette der Bundesrepublik für unser Warensortiment. Ich erwarte mir gerade von Ihnen, lieber Herr Wilms, nützliche Anregungen. Willkommen Professor Dr. Oliver Günther. Sie kommen aus dem wunderschönen Taunusstädtchen Königstein und hatten mit mir den kürzesten Anfahrtsweg. Auf Ihre hohe Fachkompetenz in juristischen Fragen wollte ich heute keinesfalls verzichten.« Dieter Güldenpfennig unterbrach seinen Redefluss für einen Moment, schenkte sich ein Glas stilles Mineralwasser ein und nahm einen Schluck. Dann fuhr er fort:

»Dieter Späth ist zuständig für Werbung und Marketing und hat seit vielen Jahren unser Vertrauen. Er ist aus Stuttgart angereist. Oliver Schmitz aus Düsseldorf hat sich auf die Beantwortung von Umweltfragen spezialisiert. Hier wird unsere Sparte leider inzwischen mit Argusaugen beobachtet. Das macht unser Hauptziel *Gewinnstreben* nicht einfacher. Jochen Demel ist ein hochrangiger Medienvertreter. Er war uns schon oft ein Freund.«

Auch Freundschaften haben mitunter ein Haltbarkeitsdatum, dachte Edgar Wilms. Er mochte den Medienmann nicht.

Der Vorsitzende fuhr unbeirrt fort: »… herzlich willkommen aus Bremen. Last, but not least darf ich Herrn Dr. Helmut Grauert aus München begrüßen. Er ist Spezialist für alle Statistiken und Daten unserer Branche. Darauf können wir voll Vertrauen zurückgreifen. Meine Herren, die Anzahl der Teilnehmer ist zwar überschaubar, aber alle Herren sind jeweils in ihrem Bereich die Besten, die wir aufbieten können. Die Sitzung selbst steht unter äußerster Vertraulichkeit. Unter uns sind wir allerdings aufgefordert, kein Blatt vor den Mund zu nehmen. Wir wollen schließlich in der Sache vorankommen. Ich darf nun Herrn Grauert bitten, die momentane Situation unserer Branche mit Zahlen belegt zu verdeutlichen. Ich bitte Sie, Herr Grauert.«

Herr Grauert stand auf, nickte freundlich in die Runde, dann setzte er sich wieder, knipste das Tischmikrofon an und begann: »Ich freue mich, dass ich Ihnen zunächst ein Bündel Zahlen für unser gemeinsames Brainstorming liefern darf.

Zunächst eine erfreuliche Lagebeschreibung: Die deutsche Elektro- und Elektronikindustrie hat knapp 900.000 Beschäftigte. Sie ist damit nach dem Maschinenbau und vor der Autoindustrie nach Zahl der Beschäftigten die zweitgrößte bundesdeutsche Branche. Das ist auch für die Politik eine wichtige Aussage, auf die wir bei Bedarf immer zurückgreifen können. Der Gesamtumsatz liegt zurzeit bei etwa 191 Milliarden Euro. Er wuchs seit 2011 von 178,4 Euro fast stetig bis 2018 auf 193,5. 2012 auf 2013 hatten wir schon einmal einen Einbruch von 170,2 auf 166,9 Milliarden Euro. Und nun von 2018 auf 2019 konstatierten wir erneut ein Minus von 2,5 Milliarden. Deshalb sitzen wir hier zusammen, um Möglichkeiten zu finden, dem gegenzusteuern. Jeder von uns kennt die goldene Regel: *Wehret den Anfängen!* Fürs Erste soll es mit diesen Zahlen genügen. Gerne steuere ich an passender Stelle weitere Zahlen bei. Ich danke Ihnen für Ihre Aufmerksamkeit.« Ein Klopfen mit den Handknöcheln auf die Tischplatte dankte dem Redner.

Danach blieb es nur einen kurzen Augenblick ruhig. Dann hatte Edgar Wilms schon ums Wort gebeten. Er musste nicht gestikulieren, um die Aufmerksamkeit auf sich zu ziehen. Er sprach ruhig und bestimmt. Seine volle Stimme, die gesprochenen Worte und die sichere Körperhaltung taten das Ihre hinzu: »Herr Vorsitzender, Sie erwarten von mir besonders nützliche Vorschläge, sagten Sie. Ich hoffe, die kann ich bieten. Es ist klar, dass ich die bestehenden Probleme aus der Sicht des Handels beleuchte. Es gibt viele Stellschrauben, an denen gedreht werden kann, um den Handel dazu zu bringen, mehr Umsatz zu generieren. Im Verkaufen und Kaufen liegt immer noch das Hauptinteresse unserer Wohlstandsgesellschaft.

Lassen Sie mich die wichtigsten Stellschrauben nennen: Die Marge muss stimmen. Schon der römische Kaiser Vespasian hatte gesagt: *Pecunia non olet*, Geld stinkt nicht. Also gehören die Kosten gesenkt, damit der Ertrag steigt. Dies ist schon deshalb ein Muss, weil sonst die Produktion in Deutschland gegenüber Billiglohnländern nicht mehr konkurrenzfähig bleiben kann. Außerdem würde eine zu niedrige Rendite investives Kapital in andere Länder treiben. Das ist die Folge der Globalisierung.« Edgar Wilms schweifte kurz ab, um mit seinem Allgemeinwissen zu blenden: »Bei der zwischenzeitlich eingetretenen Dominanz der Amerikaner im gesamten Marktgeschehen könnte man die von Europa ausgegangene Globalisierung der westlichen Werte auch als Amerikanisierung bezeichnen. Amerika ist heute das Sprachrohr und setzt teilweise andere Schwerpunkte.« Dann fuhr er mit der begonnenen Aufzählung fort: »Weiterhin muss das Produkt nachgefragt werden. Dazu muss der Bedarf vor der Produktion erforscht oder zumindest durch Werbung aufgebaut werden. Da ist durchaus etwas mit Werbung zu erreichen. Je kürzer die Nutzungsdauer oder der Nutzungswille, umso größer ist die Verkaufsmöglichkeit. Der Bedarf entsteht dann schließlich schneller aufs Neue. Fehlende Reparierbarkeit, fehlende Updates hin zum aktuellen Marktstandard, keine Kompatibilität mit neuen Geräten, all diese Faktoren können in diesem Sinne umsatzfördernd wirken. Ich habe mir erlaubt, den *advocatus diaboli* zu spielen. Kommen Sie mir nun bitte nicht mit der Forderung nach mehr Moral. Nötigenfalls müssen wir Moral eben neu definieren. Wirtschaftswachstum kommt schließlich allen zugute. Wo kämen denn sonst die Arbeitsplätze her?«

Betretenes Schweigen trat ein. Es dauerte einen Moment, bis Dieter Güldenpfennig die Moderation wieder in die Hand nahm: »Ich danke Ihnen, Herr Wilms. Ich bitte die Runde ausdrücklich, nicht sofort Kritik zu äußern und mit *aber* zu argumentieren. Gehen wir doch einmal die Vorschläge durch. Welche Möglichkeit für Kostensenkungen wird gesehen?«

Rudolf Bode brachte sich ein. Bode war nervös. Er war ein starker Raucher und litt darunter, dass hier im Raum Rauchverbot herrschte. Er wusste nicht, was er mit seinen Händen anfangen sollte, doch schließlich fand er den Faden:

»Da kann ich mit einem zur Umsetzung fertigen Projekt des Verbands im Zusammenwirken mit einer namhaften deutschen Universität signifikante Einsparungsmöglichkeiten im Verwaltungsbereich versprechen. Jeder von ihnen kennt die althergebrachten Typenschilder für Produkte. Für sie ist der Hersteller oder Importeur verantwortlich. Sie dienen zur Kennzeichnung des Produkts und enthalten klassifizierende, identifizierende und beschreibende Angaben. Der Umfang ergibt sich aus gesetzlichen Vorschriften, Anforderungen von Überwachungsinstitutionen oder durch selbstverpflichtende Regeln der Branche. Einzelbearbeitung für jedes Produkt löst erheblichen Verwaltungsaufwand aus und schafft Papierberge.

Ziel der Forschung war es deshalb, solche Typenschilder zu digitalisieren. Das nun vorliegende Ergebnis geht mit zusätzlichen Vorteilen einher: Prozessbegleitende Dokumentation in Papierform kann künftig entfallen. Die Digitalisierung bietet vernetzte Bereitstellung von Prozessdaten und effektive Systeme für eine optimierte Produktion. Es wurde eine Verwaltungsschale entwickelt, also die technische Realisierung eines digitalen Zwillings für jede denkbare Komponente. Für das Typenschild kann sie nunmehr firmenübergreifend Verwendung finden.«

Der Umweltfachmann Oliver Schmitz nahm das Wort: »Richtig verstanden bringt diese Entwicklung nicht nur Kosteneinsparung. Sie trägt auch den immer rigider geforderten Klimaschutzzielen Rechnung. Fehlende Papierdokumentation schont Ressourcen. Das gilt sicher auch bei Druck- und Logistikkosten. Ich kann mir durchaus vorstellen, dass dieses Verfahren in allernächster Zeit als umweltschonendes Verfahren mit dem Blauen Engel ausgezeichnet werden wird. Wir könnten darauf hinarbeiten.«

»Da haben Sie vollkommen recht, Herr Schmitz«, antwortete Rudolf Bode. »Aber lassen Sie mich noch einmal die immensen Kosteneinsparungsmöglichkeiten nennen: Der Zugriff auf aktuelle Dokumente wird mit der Folge von Zeit- und Kostenersparnis jederzeit möglich. Durch

die Vernetzung ist weltweite Verfügbarkeit gegeben, und das sogar in unterschiedlichen Landessprachen. Früher verursachte eine solche Qualität viele einzelne Arbeitsgänge. Druck- und Logistikkosten entfallen, wie Sie richtig sagten. Die entwickelte Verwaltungsschale ist im Übrigen brauchbar für jedes digitale Abbild eines Gegenstandes. Mit den Möglichkeiten weiterer Umsetzung stehen wir erst am Anfang. Das Endergebnis wird die Wettbewerbsfähigkeit unserer Industrie auf jeden Fall erhöhen.«
»Leider ist dafür immer eine Anpassung der EU-Richtlinien an die neuen digitalen Gegebenheiten notwendig«, setzte Professor Dr. Oliver Günther dieser euphorischen Betrachtung einen juristischen Dämpfer auf.

»Herr Wilms, ich bin sicher, Sie stimmen mir zu, dass wir mit dem Willen, Kosten einzusparen, bereits Ernst machen. Wir werden die nächsten vorgesehenen Projekte mit gleicher Zielrichtung angehen und diesem Kreis in Kürze vertraulich zur Diskussion stellen können. Wir sind gespannt auf Ihre Kommentare und Anregungen.« So geschmeidig gelang es Dr. Güldenpfennig, den Themenbereich einvernehmlich abzuschließen. »Lassen Sie mich nun auf die Möglichkeiten zu sprechen kommen, die Nachfrage für Produkte zu optimieren. Wer von Ihnen möchte das Wort?« Nun schlug die Stunde des Marketingspezialisten. Er hatte sich während der Redebeiträge seiner Vorredner Notizen gemacht. Dieter Späth hatte seinen Auftritt auch sonst gut vorbereitet: »Bei der Erforschung des Bedarfs beschreiten wir längst vielfältige Wege. Früher ging es fast ausschließlich darum, die Arbeitsabläufe oder die Gestaltung des Privatbereichs objektiv zu verbessern. Ansatzpunkte dafür wurden gesucht und entsprechende Produkte entwickelt. Inzwischen haben uns insbesondere Soziologen gelehrt, dass jeder Konsument an den Märkten auch subjektiv Selbstdarstellungsbedürfnisse hat und dafür Statussymbole nachsucht. Prestige definiert sich eben über Kauf und Besitz. Die Entwicklung von Produkten dieser Art hat nicht die Begründung in einer objektiven Verbesserung von Abläufen, sondern ist subjektiv geprägt. Ich gebe Ihnen recht, Herr Wilms, hier kann die Werbung mit entsprechender Beeinflussung Anstöße geben. Lassen Sie mich das an einem Beispiel deutlich machen. Betrachten Sie die Entwicklung der Mobiltelefone. Es war erfolgreich penetriert worden, diese Dinger ständig am Leib bei sich zu haben. Bei Konsumenten mit geringerer Kaufkraft wog trotzdem der Anspruch auf *Unkaputtbarkeit*. Die Modelle basierten folglich auf festem, starrem Material und hatten möglichst noch Gummipuffer an den Ecken, die gegen Stöße und Hinfallen schützen sollten. Damit war die *Upperclass* nicht zufriedenzustellen. Daran hat die Werbung natürlich mitgewirkt. Die Telefone durften in den Geschäftsanzügen nicht auftragen. Sie mussten unsichtbar sein. Inzwischen sind sie sogar biegsam. Die Geräte wurden flach, in sich beweglich und passten sich in den Anzugtaschen den Bewegungen an, ohne mit Ecken und Kanten sichtbar zu werden. Diese Wunderdinger wurden erfolgreich als Statussymbol beworben, sodass schließlich jedermann sie haben wollte. Man wollte dazugehören! Es wurde bei vielen Konsumenten sogar gang und gäbe, dafür mehr Geld auszugeben, als das eigene Budget eigentlich zuließ.«

»Dieses Beispiel ist nicht aus der Luft gegriffen«, pflichtete Edgar Wilms dem Referenten bei. »Der Effekt kommt auch vermehrt bei Kindern begüterter Eltern zum Tragen. Die jungen Herrschaften maulen so lange, bis sie die teuren Geräte ebenfalls bekommen.« Irren ist menschlich, dachte Dieter Späth bei sich. Als er sich vorhin Notizen zu den Anwesenden gemacht hatte, hatte er Edgar Wilms noch als Blender eingestuft, der durch seinen Übereifer intelligent wirken wollte. Nun dachte er: scheint doch ein guter Mann zu sein. Was so ein bisschen Bestätigung doch ausmachte!

Dieter Güldenpfennig griff ein: »Es scheint sich zu bewähren, uns an den von Herrn Wilms angeregten Optimierungsmöglichkeiten entlangzuhangeln und dabei zusätzliche Aspekte zu erörtern. Die bisherige Übereinstimmung hat mich sehr überrascht. Beim letzten Punkt, lieber Herr Wilms, erwarte ich mehr Widerspruch. Ich spreche von der Idee, die Nutzungsdauer oder den Nutzungswillen bewusst zu verkürzen, um neuen Umsatz zu generieren. Wie stehen Sie dazu, meine Herren?«

Oliver Schmitz bat um das Wort: »Mit diesen Forderungen betreten wir meines Erachtens vermintes Terrain. Die Umsetzung ginge mit noch mehr Elektroschrott einher. Die Zeiten, dass der ohne Probleme als

›Entwicklungshilfe‹ nach Afrika oder Asien verschifft werden kann, sind vorbei. Die Verwertung oder Behandlung in unserem Land ist als Alternative bis heute nicht optimal gelöst und wird zudem mit schärferen Verordnungen geregelt, die dann neue Kostenschübe verursachen. Die wollen wir natürlich nicht in Kauf nehmen. Trotz der von Ihnen, lieber Herr Güldenpfennig, erwarteten Bedenken ist der Trend zur Verkürzung allerdings längst in Gang: Die Halbwertszeit von Geräten ist drastisch zurückgegangen. Mobiltelefone, Kühlschränke, Kaffeemaschinen und Ähnliches werden heute schon nach wenigen Jahren ersetzt. Die Altgeräte beinhalten viele Wertstoffe und sind eigentlich ein Ressourcenlager. Aber die Rückgewinnung der Stoffe ist noch viel zu kostspielig. Sie bleiben deshalb im Müll und wirken dort teilweise sogar toxisch. Mit *weiter so* fangen wir uns nur zusätzliche Reglementierungen ein. Ich rate dazu, hier eher kleinere Brötchen zu backen.«

Rudolf Bode ließ es gar nicht zu anderen Erwiderungen kommen, denn er sah auch den zweiten Vorschlag von Herrn Wilms mit riesigen Problemen verbunden, die wollte er herausstellen: »Es hält sich schon seit Längerem die Vermutung, dass unsere Hersteller bewusst Produkte mit eingebauten Mängeln erzeugen, um die Lebenszeit zu verkürzen. Im Moment tritt das Bundesumweltamt noch als unser Verteidiger auf, indem es betont, hierfür gebe es keine Beweise. Die sollten auch künftig nicht aufscheinen. Da hat Herr Schmitz wirklich recht.«

Edgar Wilms war auf seinem Sitzplatz zunehmend unruhig geworden. Nun griff er vehement in die Debatte ein: »Ein Algorithmus, also eine Reihe von Anweisungen, die Schritt für Schritt ausgeführt werden, um vermeintliche Probleme zu lösen, funktioniert noch nicht mal bei den Maschinen von Google fehlerlos. Das muss man auch unserer Branche zugestehen. Ich glaube zudem, uns hilft auch keine Schwarzmalerei. Wir brauchen lediglich eine Vorwärtsstrategie, die überzeugt. Ich bin mir sicher, dass der Rechtfertigungsbedarf aller Waren weiter zunehmen wird. Noch ist die Wirtschaft aber der Machtkomplex unserer Epoche, wie einst die Kirche, der Adel oder die staatliche Gewalt. Wir müssen unsere Stellung verteidigen. Das Segment der Elektronik spielt eine große Rolle. Wir befinden uns schließlich im Übergang von der Industrie- zur Informations- und Dienstleistungskultur. Wir müssen verdeutlichen, dass infolge unserer effizienten Innovationsforschung immer schneller Möglichkeiten der Produktverbesserung entstehen, die eine neue Produktgeneration rechtfertigen bzw. notwendig machen. Lassen Sie mich einige solche Verbesserungen nennen: Verlängerung der Akkuleistung, Wasserfestigkeit des Geräts, höhere Bildauflösung, bessere Farbqualität, Flachbauweise. Solche Verbesserungen können durch Updates bei den alten Geräten nicht nachgerüstet werden. Viele Verbraucher erwarten heute schon, siehe bei TV-Geräten, binnen Jahresfrist neue Entwicklungen. Wünsche, welche die Forschung erfüllen kann oder auch weckt, nehmen ständig zu. Diese Umstände beeinflussen das Kaufverhalten. Was solche Innovationen mit sich bringen, liegt auf der Hand: Flache Geräte sind nur möglich, wenn Einzelteile der ›Innereien‹ zu kompakten Modulen zusammengeführt werden, was natürlich die Reparaturmöglichkeit einschränkt. Die Geräte müssen oftmals verschweißt werden und sind, wenn überhaupt noch, nur mit Spezialwerkzeug zu öffnen. Ein defekter Akku bedeutet schon oftmals das Aus. Die zeitliche Verfügbarkeit von Ersatzteilen für alte Geräte kann, bei einer so schnellen Entwicklung, nur befristet garantiert werden. Deshalb wird schneller ein Neukauf notwendig. Ist eine Reparatur dennoch möglich, wird sie in der Regel teurer als der Kauf der neuen Version. Unsere Interessenvertreter müssen diese Sachzwänge als Kausalkette progressiv erklären. Es ist also nicht notwendig, das Gerücht im Raum stehen zu lassen, wir würden grundlos die Lebenszeit der Geräte verkürzen. Der technische Fortschritt hat auch seine guten Seiten. Heute wird keiner mehr mit einem Telefonkabel erdrosselt. Es gibt keine mehr.«

Ein dezentes Gelächter unterbrach seinen Redefluss. Aber er ließ sich nicht wirklich unterbrechen: »In Sonderfällen regelt der Markt auch diese Entwicklung. Wenn ein Hersteller nicht mitspielen will, dann braucht er Nischenlösungen. Es gibt heute schon Anbieter, die auf alten Modellversionen beharren, Ersatzteile vorhalten, sie reparieren und in ihren Marketingbemühungen auf Umweltschutz und Nachhaltigkeit abstellen. Nach bisherigen Erfahrungen schmälert das jedoch den großen Käufermarkt nicht signifikant. Dem geht es weniger um ökologische Nachhaltigkeit als um wirtschaftliche. Die ist Voraussetzung für eine gesicherte Existenz.«

»An diesen Erklärungsweg für die geschilderten Nachteile sollten wir uns gewöhnen, und zwar auch im internen Kreis« , warf Professor Dr. Oliver Günther vermittelnd ein. »Die beschriebenen Nachteile dürfen nicht unkommentiert im Raum stehen bleiben, als würden sie nur in Kauf genommen, um mehr Umsatz zu generieren. Wenn das nachgewiesen werden könnte, wäre sogar denkbar, dass Schadensersatzansprüche gestellt werden. Deshalb sollten Nutzungszeitverkürzungen in unserem Sprachgebrauch immer das bedauerliche Begleitmoment einer zwingenden Innovation sein.« Darüber war man sich am Tisch schnell einig. Edgar Wilms erklärte sogar mit einem schiefen Lächeln: »So hatte ich das natürlich auch gemeint.«

Dr. Thilo Leif nahm sich der Angelegenheit aus seiner Warte an. Gegen das Licht von draußen wirkte sein Bürstenschnitt wie eine Dornenkrone: »In dem, was Herr Wilms vorgetragen hat, liegt viel Wahrheit. Wertvolle Innovationen bringen in der Regel solche Entwicklungen mit sich. Wenn man ein Auto haben kann, bleibt man auch nicht bei einer Kutsche. Die wird, außer für Liebhaber, vom Markt verschwinden. Wir können dem Innovationsdruck, dem Globalisierungtrend oder der Amerikanisierung sowie ökonomischen Zwängen nicht ausweichen.« Bei dem Wort »Amerikanisierung« lächelte er verbindlich zu Edgar Wilms hinüber, ohne seinen Faden zu verlieren: »Das ist der Politik durchaus darzustellen. Ich bitte mir alle sinnvollen Argumente marketingoptimiert und faktenbasiert aufzubereiten. Ich habe dann kein Problem, das an passender Stelle zu lancieren. Vielleicht gelingt es sogar, die Folgen von Innovationsprozessen in das große Ganze unserer Themen *Integrated Industry – Industrial Intelligence* einzugliedern. Das war schließlich das Leitthema der Hannover Messe 2019 und wurde von allen Seiten stark beklatscht. Vernetzung und Digitalisierung der Industrie standen dort im Zentrum. Smarte Maschinen für Industrie und modulare Produktion wurden in den Vordergrund geschoben. Das passt doch! Auch das Projekt *eFuture*, die elektrische und elektronische Zukunft generell, erscheinen mir passgenau. Hierzu hat die

Politik nicht nur Ja gesagt, die Bundesbildungsministerin hat sogar für diese Ziele die Schirmherrschaft übernommen. Bitte geben Sie mir alle Argumente gut zusammengeführt anhand, dann bin ich zuversichtlich.«

Ein Optimist ist ein Mensch, der alles halb so schlimm oder doppelt so gut findet (Heinz Rühmann), dachte Edgar Wilms anerkennend, schwieg aber.

Niemand am Tisch schien noch das Bedürfnis zu haben, irgendetwas Kluges hinzuzufügen. Deshalb zog der Vorsitzende sein Resümee: »Meine Herren, unsere engagierte Diskussion hat Früchte gezeigt. Herr Wilms, ich danke Ihnen, dass Sie am Anfang etwas provokant die Richtung vorgegeben haben. Das hat sich als nützlich erwiesen. Ich glaube, wir haben genügend Anregungen für unsere gemeinsamen Ziele gefunden und können sie nach Hause tragen und an ihnen arbeiten. Aufgaben wurden verteilt, und ich bin jetzt schon neugierig auf deren Abarbeitungen.

Im Nebenraum erwartet uns zum Abschluss ein Buffet mit Frankfurter Spezialitäten. Ich sage nur Schnitzel mit grüner Soße, Frankfurter Rippchen, Ahle Worscht, Frankfurter Leberwurst und Handkäs mit Musik. Guten Appetit! Wir können uns dabei auch noch ein wenig privat unterhalten. Ansonsten wünsche ich allen eine gesunde Rückreise.«

Dieses Mal fiel das Klopfen auf den Tischen noch viel lebhafter aus.

Edgar Wilms erwog für einen Moment, die Einladung auszulassen. Zeit war Geld. Doch dann gewann seine Neugierde Oberhand. Er ging mit in den Nebenraum. Das reichliche Angebot erweckte seinen Appetit. Er beschloss, doch zu bleiben und etwas zu kosten. Der Duft der grünen Sauce kitzelte ihn angenehm in der Nase. Er suchte die Sauciere mit den Augen und freute sich über die appetitliche, grüne Konsistenz. Er ließ sich reichlich auftun. In Restaurants fand er meistens einen Grund, etwas in die Küche zurückgehen zu lassen. Er brauchte einfach Aufsehen. Hier vermied er diese Unart. Er wollte Sympathien gewinnen. Edgar Wilms nahm reichlich, wie er es immer gerne tat.

Seine Augen suchten Professor Dr. Oliver Günther. Er hatte während der Sitzung konstatiert, dass dieser ein besonderes Vertrauensverhältnis zu Dr. Güldenpfennig besaß. Es schien ihm sinnvoll, mit dem Professor ein wenig Konversation zu treiben. Edgar Wilms ging in dessen Richtung. »Diese Köstlichkeiten erinnern mich sehr an die Freßgass. Solang ich noch nicht so streng auf meine Figur achten musste, war die Straße zwischen Opernplatz und Rathausplatz mit ihren berüchtigten Delikatessengeschäften für mich bei jedem Frankfurtbesuch ein Muss.« Der Professor lachte. »Dann geht es Ihnen ähnlich wie mir. Ich habe mir vorgenommen, heute zu sündigen.« Mit wohlgefüllten Tellern blieben die beiden Männer für ein launiges Gespräch noch länger zusammen.

Gutes Essen verbindet, dachte Edgar Wilms danach. Später auf der Rückreise zog er ein Resümee und befand, dass er sich gut geschlagen hatte. Ich habe Duftmarken gesetzt, dachte er zufrieden. Wenn man in diesem Sinne weiterarbeitete, konnte Gutes daraus entstehen. Edgar Wilms gönnte sich bis vor die Haustür eine Ruhepause. Es war eine seiner Qualitäten, *stante pedes* einschlafen zu können.

Das Jahr 2020, das Corona-Jahr

Frei geht das Unglück durch die ganze Welt. (Friedrich von Schiller)

Im Januar 2020 ging ein Gruselsatz in vier Worten durch die chinesischen Medien: Ich komme aus Wuhan! Von dort nahm eine unbekannte Lungenkrankheit ihren Ausgang und wurde zur Pandemie. Die Krankheit Covid-19 veränderte das Weltgeschehen. Der Virus verband mittlerweile die gesamte Weltbevölkerung. Deshalb sprach man von einer Pandemie.

Die Zahl der nachgewiesenen Infektionen war über fünfundvierzig Millionen gestiegen. Über 1,2 Millionen Menschen waren im Zusammenhang mit dem Virus schon gestorben. …

Das Reich der Mitte hat sie, im Vergleich zu anderen Staaten, recht schnell in den Griff bekommen. Dies war auf dirigistische Maßnahmen zurückzuführen, die es in Demokratien nicht geben durfte. Dort waren Befehle der Hammer und Gehorsam der Meißel, mit denen Menschen behauen wurden. So wurden chinesische Städte völlig abgeschlossen. Totale Kontaktsperre wurde verordnet.

Bei Verstößen vollstreckte man sofort drastische Strafen.

In Demokratien werden die Rechte von Einzelpersonen weit höher geschützt. Das Alltagsleben in China verlief inzwischen wieder normal. Die ärztlich empfohlenen Abstandsregeln spielten keine Rolle mehr, das galt auch für das Maskentragen.

Nur in öffentlichen Verkehrsmitteln und Flugzeugen, in Banken, Schulen, Krankenhäusern und Universitäten wurden Masken noch erwartet. In jüngster Zeit jedoch nahmen Corona-Kontrollen wieder zu. Es hatte einige beunruhigende Neuinfektionen gegeben. Sie waren nicht von Auslandsreisen eingeschleppt worden, man vermutete, dass sie auf deutsche Schweinshaxen zurückgingen. In der Bundesrepublik Deutschland hatte man in zwei Bundesländern die Schweinepest nachgewiesen, bevor der Import deutscher Schweine nach China verboten worden war. Wie die Welt China für den Ausbruch der Pandemie verantwortlich machte, stellten die Chinesen nun Deutschland mit vermeintlich verseuchten Schweinen an den Pranger. …

Ende Januar 2020 war die Weltseuche auch in Deutschland angekommen. Journalisten erinnerten sich wortreich an das erste positive Testergebnis. Seitdem hatte sich das Zusammenleben dramatisch verändert: Es gab in unserer Gesellschaft eine Hierarchie für das Begrüßen: Hallo sagen, Händeschütteln, umarmen, Küsschen geben. Diese Bekundungen zeigten die Grade unserer Vertrautheit.

Inzwischen galten andere Vokabeln: Abstand, Hygiene, Alltagsmasken, Lüften. Wir sprechen von der AHAL-Regel.

L, das Lüften, kam als Forderung erst später hinzu. Auch die Anforderungen an die Dichte der Masken wurden später noch einmal angehoben. Am Umsetzen des Lüftens krankte es, besonders in Büros, Kitas und Schulen, da in der Winterzeit die Kälte gerne draußen gehalten wurde. Aber auf jeden Fall sollte »Querlüften« »Querdenken« vorgehen, so die Parole.

Auch das Berufsleben lief in anderen Bahnen: *Home-Office* oder Kurzarbeit, bis hin zur Arbeitslosigkeit prägten es nun.

Statt realer Kontakte wurden Videokonferenzen en vogue, auch ansonsten pflegte man virtuelles Miteinander. Eine Kontaktnachverfolgung eines Corona-Hotspots erwies sich als unmöglich, wenn die infizierten Menschen zu viele reale soziale Kontakte pflegten. Bei Verhandlungen in Gesichtern lesen ging nun nicht mehr. Dagegen sprach die Maskenpflicht! Bisher waren wir nur umgekehrt bei Demonstrationen das Vermummungsverbot gewohnt. Als Lohnersatz hatten Bürger, die eigentlich arbeitswillig waren, nun Anspruch auf staatliche Unterstützung. Diese Rettungsschirme erwiesen sich meist als gefühlt viel zu wenig oder falsch verteilt. Auch kamen sie immer zu spät an den Mann oder die Frau. Die Folgen der Schulden aus den staatlichen Finanzspritzen treffen nicht die heutigen Bürger, sondern die nächste oder gar übernächste Generation. Diese Armen werden sie abtragen müssen. Eine schwarze Null im Staatshaushalt gehörte der Vergangenheit an. Es war zu beobachten, dass die Kriminalität in Zeiten von Corona von der Straße ins Internet abwanderte. Sie blieb real, geschah aber im virtuellen Raum! Lieder über den neuen »Masken-Chic« und unzählige Witze schossen wie Pilze aus dem Boden. Wenigstens der Sarkasmus zeigte Gesicht.

»Lockdown« oder »Teillockdown« wurden Angstworte.

Die »Schimpfworte« waren nahezu alle Anglizismen: *Home-Office, Home-Schooling, Vaccine* anstatt Impfstoff wurden als *Gamechanger* im Corona-Leben gepriesen. Auf jeden Fall sollten wir den *Traffic* herunterfahren. Dem Brexit wirkte man mit dieser Wortwahl nicht entgegen! Wenn Lockdowns verordnet wurden, ruhte die Arbeit ganz. Die Orte des Vergnügens wurden geschlossen. Sportstätten, Gastronomie, Bühnenbetriebe, nichts ging mehr. Selbst das lieb gewordene Aufwärts der Wirtschaft brach ein. Man rief uns in Liedform zum Kampf:

Kämpft mit uns gemeinsam gegen die Pandemie.
Bleibt allein zu Haus, sonst schaffen wir es nie!
Denn bist du ignorant,
schadet das dem ganzen Land,
sei ein Held,
bleibt zu Haus für die Welt! ...

Erklärungen für Verstöße gegen dieses Gebot trieften ebenfalls vor Sarkasmus:

Warum sind an Weihnachten nur sechs Gäste erlaubt?
Bei Beerdigungen dürfen es doch dreißig sein.
Darf ich den Truthahn miteinladen und am 24. Dezember zu Grabe tragen, um dadurch noch neunundzwanzig weitere Gäste einzuladen?

Krampfhaft suchte man nach Erlaubtem gegen die Langeweile. Man traf sich elektronisch oder besann sich auf altbewährte häusliche Freizeitbeschäftigungen: Spielen, Lesen, Musik hören, Musik machen, Basteln. Baumärkte hatten Hochkonjunktur, denn die eigenen Wohnungen kamen in den Fokus. Männer fanden Stellen, die es zu renovieren galt, bauten aus oder um. Frauen nähten, strickten, malten, verschönerten. Es wurde wieder mehr zu Hause gekocht.

Für den Urlaub verkürzte man die Reichweite, und zwar in der Entfernung und der Dauer. Man konnte schließlich nicht weit in die Zukunft planen. Niemand wusste, was auf ihn zukam. *Bleibe im Land und nähre dich redlich!* wurde normal. Die Schönheiten im eigenen Land wurden entdeckt. Und wenn es einen im Familienverbund trotzdem traf, bedeutete dies Quarantäne für alle. Außenkontakte entfielen. Der tägliche Bedarf wurde online bestellt oder telefonisch über Freunde geordert. Man fand die Bestellung, wenn man Glück hatte, vor der Haustür. Für die nahe Zukunft wurde an einer Lieferung durch Drohnen gearbeitet. Das gab den männlichen Familienmitgliedern und Technikfreaks einen Kick. Rastlos beschäftigte man sich damit, was man zu Corona wissen musste, was aber selbst Wissenschaftler nur ahnten:

- Wie genau sind bei SARS-CoV-2 die Symptome?

- Wie kommt es zur Ansteckung?

- Wie ist der Verlauf der Erkrankung?

- Was ist das Richtige als Prävention?

- Wie schützen sich unterschiedliche Risikogruppen am wirksamsten?

- Welche Tests empfehlen sich und sind sicher?

- Gibt es schon heilende Medikamente oder hat Covid-19 eher negativen Einfluss auf bereits notwendige Verschreibungen?

Nicht wenige »Experten« sahen ihre Existenzberechtigung darin, einen Sachverhalt unendlich zu komplizieren, denn auch sie konnten ihn nicht erklären. Immer öfter brauchte man Zeit für sich selbst, um das Chaos im Kopf in den Griff zu bekommen. Zeit für sich selbst fanden die am wenigsten, die mit der Familie auf engstem Raum zusammengepfercht leben mussten. Bald las man von körperlichen Übergriffen.

Sowas gab es natürlich nur bei anderen! …

Edgar Wilms gehörte mit seiner Firmenkette Ampere zu den Gewinnern der Corona-Krise. Ganz Deutschland hatte mehr Elektronikgeräte für zu Hause gekauft. Der Umsatz war im ersten Halbjahr auf 20,3 Milliarden Euro gestiegen. Das entsprach einer Steigerung von 5,3 Prozent zum Vorjahr. Spielkonsolen und Audiozubehör dominierten den Absatz. Selbst der Verkauf von TV-Geräten war seit längerer Zeit wieder mal um 3,6 Prozent auf 1,8 Milliarden Euro angewachsen. Die »Aufrüstung« des Equipments für *Home-Office* nahm signifikant zu: bei Desktop-Computern um 13,6 Prozent, bei Notebooks um 28,1 Prozent und bei Monitoren sogar um 46,8 Prozent. Natürlich hatten bald die meisten einen Kamerazusatz für die virtuellen Konferenzen im Netz. Das vermehrte Selbstkochen animierte dazu, die Elektrogroßgeräte in der Küche auszutauschen und auf den neuesten technischen Stand zu bringen. Dies alles schlug sich in den Büchern von Ampere erfreulich nieder, schließlich war man ja Marktführer.

Edgar Wilms zeigte auch Zufriedenheit beim Nebenkriegsschauplatz »Rücknahme von Altgeräten« und dessen Kosten. Auch der verlief äußerst erfreulich für ihn.

Im Online-Shop-Bereich hatte sein Management die Rücknahmestellen weit vor den Zentren der Orte eingerichtet, weshalb sich die Käufer aus Bequemlichkeit bei der Abgabe ihrer Altgeräte häufig an andere Verkaufsstellen wandten. Trotzdem kauften sie bei Ampere, weil es dort

(u. a. durch diese Kostenersparnisse?) billiger war. Die stationären Geschäftsstellen von Ampere hatten ebenfalls einen Dreh gefunden, der die kostenträchtige Pflicht der Rücknahme vermeiden half: Die Abnahme in den Ampere-Geschäften erforderte lange Wartezeiten, die durch hausinterne Protokollierungen künstlich verlängert wurden.

Trotzdem konnte Edgar Wilms nicht vollständig zufrieden sein. Dem Corona-Übel stand ein noch schlimmeres beiseite:

Trotz der Bemühungen seiner Anwälte war sein Cum-Ex-Deal im November 2019 gerichtsanhängig geworden und steuerte gerade einer unerfreulichen Endphase entgegen. Hier hatte er richtig Probleme. Als er darüber nachgrübelte, ballte sich seine Rechte wie von selbst auf der Schreibtischplatte zur Faust.

Dass das Landgericht Bonn dafür zuständig wurde, basierte auf einem Zufall. Weil das Bundeszentralamt für Steuern seinen Sitz in Bonn hatte, musste das Landgericht, das eigentlich für das Gebiet Bad Münstereifel bis Waldbröl ausgelegt war, sich auch dieser komplexen Steuerkriminalität annehmen. Schon im März 2018 war dafür eine eigene Strafkammer eingerichtet worden. Der vorsitzende Richter hatte sich mit etwas über 50 Jahren bis dahin eher mit kleineren Zivilrechtsfällen beschäftigt und stand nun vor einem ersten bedeutenden Wirtschaftsprozess. Der engagierte Jurist war gewillt, seine Chance zu nutzen und hatte sich gründlich vorbereitet. Über das Ausmaß des Skandals hatte er sich kundig gemacht: Allein im Zeitraum zwischen 1999 und 2012 wurde der deutsche Fiskus um schätzungsweise 32 Milliarden Euro betrogen. Geschäftspartner ließen sich nur einmal gezahlte Kapitalertragsteuer mehrfach erstatten. Die Beteiligten transferierte die Vorgänge sogar über Landesgrenzen zu weiteren Akteuren, die eigentlich nur dafür gut waren, es den Finanzbehörden unmöglich zu machen, festzustellen, wem der Gewinn und damit die Steuergutschrift wirklich zustand. Es wurde schon länger darüber gemunkelt, dass dies nicht mit rechten Dingen zuging. Als 2018 ein amerikanischer Ein-Mann-Pensionsfonds vom Kölner Finanzamt Steuerrückzahlungen in Höhe von 54 Millionen Euro einforderte, ging man der Angelegenheit endlich auf den Grund. Die Zeit des Vertuschens und Tricksens war vorbei. Auch die Presse verlangte nun rigoroses Vorgehen gegen diese dubiosen Geschäfte und forderte die Aufstockung geschulten Personals bei den Finanzbehörden.

Mitte April 2020 strebte das Verfahren Wilms seinem Höhepunkt zu. In diesem Monat leuchteten die Kirschblüten wieder in der Altstadt von Bonn in zartem Rosa. Doch dieses Jahr war alles anders als sonst. Corona geschuldet wurde die rosa Pracht nicht von der üblichen großen Anzahl Schaulustiger bewundert. Die Stadtgewaltigen hatten die Altstadt wegen des hartnäckigen Virus gesperrt. Ihnen war klar geworden, dass der sonst übliche Menschenauflauf in den Straßen den Mindestabstand unmöglich gemacht hätte. Die Sperre funktionierte. Das Ordnungsamt war omnipräsent. Es blieb um diese Zeit so ruhig wie noch nie. Die Anwohner hätten dies als Segen empfunden, wenn der Anlass für die Ruhe nicht so tragisch gewesen wäre.

Edgar Wilms hatte inzwischen das System von Cum-Ex gänzlich verinnerlicht: Der Investor Meyer verkauft vor der Dividendenausschüttung Aktien an den Investor Müller, die Aktien hatte Meyer noch gar nicht. Ein Leerverkauf kam zustande. Am Tag der Ausschüttung erhielt der Investor Huber für seine Aktien die Dividende und zahlte darauf 25 Prozent Kapitalertragsteuer. Die konnte er sich später mit einer Bescheinigung der Bank zurückholen, da er als Privatperson bereits Steuer gezahlt hatte. Nach der Ausschüttung verkaufte Huber die Papiere an Meyer. Der konnte sie nun auch real an Müller liefern. Müller bekam ebenfalls eine Bankbescheinigung, da er zum Zeitpunkt der Ausschüttung die Aktien formal schon besessen hatte. Er holte sich ebenfalls die Kapitalertragsteuer zurück, eine Steuer, die er niemals gezahlt hatte. Man beschuldigte Wilms nun, wie Herr Müller agiert zu haben. …

Jedem einigermaßen kaufmännisch gebildeten Menschen wurde bei diesen Umständen klar, dass die Doppelerstattung der Steuer nicht rechtens sein konnte, sondern eine unzulässige Bereicherung war. Edgar Wilms beschloss deshalb, nicht mehr den Argumenten seiner Berater zu folgen, sondern mit der Staatsanwaltschaft zu kooperieren. Er wollte seine »makellose Oberfläche« so gut wie möglich erhalten wissen, wenn schon der zunächst erreichte finanzielle Vorteil zum Pyrrhussieg mutierte. Die Empfindlichkeit gegenüber moralischen Entgleisungen nahm in der Gesellschaft zu. Er wollte über Rechtfertigungsmöglichkeiten nachdenken und Gesten einer glaubhaften Läuterung zeigen. Er hatte sich dem Verhalten eines vormaligen Aktienhändlers seiner Hausbank angeschlossen. Der Mann war ebenfalls angeklagt und hatte schon frühzeitig begonnen, mit der Staatsanwaltschaft zu kooperieren. Edgar Wilms mochte den Mann nicht. Der neigte zur Fettleibigkeit. Sein dunkles Haar wurde langsam grau, und seine Haut war blass von der vielen Büroarbeit. Mit seinem Detailwissen war er aber der Rechtsfindung äußerst dienlich. Er vermied anfänglich detaillierte Schuldzuweisung, bestätigte aber im größten Sitzungssaal des Landgerichts Bonn, dass die Cum-Ex-Tricksereien in der Branche längst einen industriellen Charakter angenommen hätten. Trotz aller Kooperationsbereitschaft nutzte er vage Floskeln wie »Werkzeug zur Steueroptimierung bzw. zur maximalen Profitoptimierung«. Schuldzuweisungen vermied er zwar, benannte aber durchaus die Bankhäuser, die an diesem Cum-Ex-Deal beteiligt gewesen waren. Das genügte der Anklage, sich ein Bild zu machen. Als der Aktienhändler mehrfach von »renommierten« Bankhäusern und Anwaltskanzleien sprach, überschritt er die Schmerzgrenze des Richters. Beim ersten Mal blieb der noch höflich und bat nur, dieses Wort doch etwas sparsamer zu verwenden. Bei der nächsten Wiederholung wurde er dann deutlicher. Er hatte seine Rechte um eine dünne Handakte gelegt, als wollte er sie erwürgen:

»Rechtsanwälte, Banker und Aktienhändler, die als Teil des Cum-Ex-Karussells mitgewirkt haben und den Staat um hunderte Millionen Steuereinnahmen schädigten, haben eine solche Bezeichnung nach meiner Beurteilung nicht verdient, mein Herr!« Der schmale Kopf des Richters mit dem ernsten Gesicht und dem festen Profil vibrierte vor Wut. Ein leises Raunen und einige wenige kleine Lacher gingen durch den holzgetäfelten Sitzungssaal. Der Richter behielt nach seinem verbalen Ausbruch noch einen Moment ein angeekeltes Gesicht bei. Dann fuhr er, wie unberührt, mit monotoner Stimme fort. Seine Erklärungen basierten auf Schaubildern und Excel-Tabellen, die an eine Leinwand im Gerichtssaal projiziert wurden.

Nach dem gerade eingefangenen Tadel des Richters beschloss der Angeklagte, seine Quasi-Kronzeugenrolle stärker zu betonen und resümierte mit devoter Stimme: »Ein solcher Geschäftsaufbau wäre völlig unsinnig, hätte man nicht beabsichtigt, die doppelt erstattete Steuerrückzahlung zu erreichen und unter sich als Profit zu teilen.« Er nahm dabei die verteilten Quoten offen in den Mund. Zum ersten Mal ging ein triumphierendes Lächeln über die Züge des Richters.

Es wurde trotz straffer Verhandlungsführung November, bis es zum Urteil kommen konnte. Man hatte sich auf Freitag, den 13. verständigt und wollte diesen Tag mit Plädoyers und Urteil auf jeden Fall einhalten. Man befürchtete, ansonsten in einen Corona-Lockdown hineinzugeraten. Das hätte bedeutet, der Prozess wäre im Jahr 2020 nicht zu Ende gegangen. Alle Beteiligten wurden mit Nachdruck angehalten, den für Freitag vorgegebenen Tageszeitplan einzuhalten.

Das Coronavirus war mit im Raum: Zwischen Journalisten und Zuhörern wurden Plätze freigehalten, um Abstand zu wahren. Eine Schöffin hatte trotzdem ihren Stuhl ängstlich in die hinterste Ecke gerückt. Sie quittierte jedes kleine Hüsteln mit nervösem Blick. Die Frau im grünen Pullover wischte sich ständig mit dem Taschentuch den Schweiß von der Stirn. Es war vermutlich Angstschweiß. Für Edgar Wilms sollte der Tag, wie erwartet und wie es das Datum schon vorgab, kein Glückstag werden. Dass der Freitag, der 13. kein normaler Prozesstag war, wurde schnell deutlich. Im Saal knisterte es vor Spannung. Als Erster hatte am Morgen der Oberstaatsanwalt das Wort. Er erklärte, dass man es bei Cum-Ex mit einer »Hinterziehungsindustrie« zu tun habe, für die dieser Prozess nur der Auftakt und nicht das Ende der Aufklärung sein dürfe. Er beschwor, dass die Schonfrist für solche Betrüger nun schnellstmöglich enden müsse. »Wir müssen ihnen allen auf den Zahn fühlen, und das darf nicht ohne Schmerzen abgehen.«

Er sah aus den Augenwinkeln zum Richter herüber. Doch der zeigte leider keine Reaktion.

Hinsichtlich der beiden Angeklagten äußerte er sich ein wenig gnädiger. Er räumte ihnen eine Art Kronzeugenrolle ein. »Man soll nicht Einzelne als Sündenbock hinstellen und stellvertretend für andere bestrafen«, sagte er und plädierte für milde Haftstrafen von etwa zehn Monaten, die zur Bewährung ausgesetzt werden könnten. Die Verteidiger der Angeklagten griffen die Äußerung in ihrem Plädoyer auf. Sie gingen so weit, zu behaupten, die Beschuldigten hätten ihre Lektion gelernt. Beide Verteidiger sahen äußerst müde aus. Sie hatten wegen der kurzfristigen Terminierung bis weit nach Mitternacht an ihren Begründungen gearbeitet.

Für den Richter stand das Urteil schon länger fest. Doch auch er hat bis in die Nacht daran gearbeitet, die Schritte seiner Begründung zu sortieren und mit überzeugenden Worten zu füllen. Das war ihm trefflich gelungen. Er begann mit dem Satz: »Cum-Ex war immer schon illegal. Dieser Prozess hat deutlich gemacht, dass allen Beteiligten die Absichten des Gesetzgebers klar gewesen waren. Deshalb darf es keine Rolle spielen, dass unser Staat bei der Regelung kein Glanzstück abgeliefert hat. Es gibt auf jeden Fall keine Gesetzeslücke, die Cum-Ex rechtfertigt.« Nach einer kurzen Pause fuhr er fort: »Meine Bewertung soll folgender Vergleich klarmachen: Wer ein Haus verlässt, ohne es abzuschließen, handelt leichtsinnig. Das rechtfertigt aber nicht, dass ein anderer ohne Erlaubnis eintritt. Ich bin sicher, Sie verstehen, was ich meine.«

Ein erneutes Raunen ging durch den Saal. Danach wies der Richter vehement zurück, dass man auf juristische Gutachten hätten vertrauen dürfen, die zu einem anderen Schluss gekommen sind, als nun schon mehrfach erläutert. Er erklärte den Bestandteil Leerverkauf zum eindeutigen Beleg für die Illegalität: »Ein Investor verkauft eine Aktie, die er noch gar nicht besitzt. Bei Cum-Ex hat dies einzig den Grund, für Verwirrung zu sorgen, darüber, wer rund um den Dividendenstichtag der Eigentümer des Papiers ist. Nur diese Verwirrung verleitete Finanzämter dazu, Kapitalertragsteuer mehrfach zu erstatten, obwohl sie nur einmal gezahlt worden war. Grundlage des Dilemmas ist keine rechtliche, sondern man beabsichtigte eine Täuschung!« Er schien taub gegen alle Einwände. Es war, als würde ihm das hohe Haus gehören. Er war das Gesetz. Seine Argumentationskette ging nahtlos in die nächste Feststellung über: »Das Verfahren hat gezeigt, dass man Cum-Ex-Deals auch beweisen kann. Der angeklagte Aktienhändler hat uns das anschaulich verdeutlicht. Er selbst hat mehrfach Leerverkäufe eingefädelt und mit seinen Excel-Tabellen, die Sie dort stehen sehen, Deals generalstabsmäßig geplant. Niemand kann ein solches Geschäft, das innerhalb von drei Monaten ohne jegliches Risiko eine Rendite von über zwölf Prozent einbringt, als legal erachten. Es erscheint mir schamlos, in diesem Zusammenhang von der Ausnutzung einer Marktineffizienz zu reden. Bei gegebener Sachlage darf sich unser Staat das zu Unrecht ausgezahlte Geld wiederholen, von dem, der es zu Unrecht genommen hat. Dabei müssen nicht nur die beiden Angeklagten herhalten, sondern auch die beteiligte Hausbank kann herangezogen werden. Schließlich hat sie an der Täuschung mitgewirkt. Eine neue Regelung im Strafgesetzbuch gibt uns die Möglichkeit, so zu urteilen. Die Regelung ermöglicht nämlich das Einziehen von Vermögen aus rechtswidrigen Taten auch von Geschäftspartnern, die selbst nicht Angeklagte sind.« Die Urteilsbegründung steuerte nun aufs Ende zu: »Es ist gerichtsbekannt, dass weitere Bankinstitute an diesem Deal beteiligt waren. Das Gericht hat entschieden, auf deren Einbeziehung zu verzichten. Anders als bei der Hausbank, deren Verurteilung zur Debatte steht, war bei ihnen die Beweisführung zum jetzigen Zeitpunkt noch nicht weit genug gediehen. Wir wollten aber auf jeden Fall vor einer Schließung des Gerichts wegen der Corona-Pandemie ein Urteil fällen. Neue Beweisanträge dieser Banken hätten das Verfahren in die Länge gezogen und unser Vorhaben verhindert. Es steht, das sei als Trost gesagt, allen Verurteilten offen, sich von diesen Geschäftspartnern Geld zurückzuholen, schließlich waren die an dem Deal und dem ungesetzlich erzielten Gewinn beteiligt. Die Verteilung des Profits dürfte intern bekannt sein. Ich hoffe für die Verurteilten, dass sich ihre Geschäftspartner honorig verhalten. Aber letztendlich sind sie für die ausgewählten Partner selbst verantwortlich.« Bei den beiden Angeklagten folgte der Richter hinsichtlich der beantragten Haftstrafen dem Antrag des Oberstaatsanwalts und verlangte zudem die Rückerstattung der quotal erschlichenen Steuer. Seine Abschlussworte wiesen in die Zukunft: »Ich rechne mit einer weiteren Prozessflut. Cum-Ex wird uns noch lange nach Corona erhalten bleiben. Wir werden hart dagegen vorgehen, denn wir wollen nicht in einer Welt leben, in der jeder jeden bescheißt. Ich wünsche Ihnen allen eine gute Gesundheit.«

Nicht nur die vermutete Prozessflut sollte sich bewahrheiten. Dieses Verfahren mit seinem mutigen, wegweisenden Urteil ging in die Revision und landete vor dem Bundesgerichtshof in Karlsruhe.

Mit erhobenem Kopf, als hätte er nichts Unrechtes getan, verließ Edgar Wilms den Gerichtssaal. Es fiel ihm nicht einmal schwer, dem Richter ein letztes Mal direkt in die Augen zu sehen. Er verließ den Sitzungssaal mit einer Alltagsmaske im Gesicht. Er erwartete zu Recht ein Rudel Reporter und Fotografen und wollte sich hinter dem Gesichtsschutz unsichtbar machen. Er war für keinen Preis der Welt gewillt, ein Interview zu geben und sich zum Urteil zu äußern. Auf der Straße eilte er mit resoluten Schritten auf die kleine Mauer aus Fotografen und Reportern zu. »Abstand halten!«, rief er laut und fordernd. Ein Blitzlichthagel traf ihn, doch der Weg wurde freigemacht. Auf der anderen Seite der Straße sah er Christian Müller mit dem Audi stehen. Edgar Wilms lief über die Fahrbahn, öffnete die Tür hinter dem Beifahrersitz und ließ sich in die Polster fallen. Christian Müller fuhr sofort los. …

Dem Chauffeur war das Urteil bekannt. Er hatte aber beschlossen, es von sich aus nicht anzusprechen. So verlief die Fahrt nach Köln in völligem Schweigen. Der Unternehmer konnte trotzdem nicht abschalten. Mit seinem Anwalt hatte er für den nächsten Tag eine Telefonkonferenz, möglicherweise sogar ein Treffen vereinbart. Sie waren sich sicher gewesen, dass die Bank und der Aktienhändler Revision einlegen würden. Es galt zu entscheiden, ob Edgar Wilms da mitziehen sollte. Darüber dachte Wilms nun schon nach. Er brauchte nur eine kurze Zeit des Überdenkens, dann tendierte er zu einem Ja, schon allein um das schlimme Wort *schuldig* noch länger hinausschieben zu können. Das Verfahren in Karlsruhe würde einige Zeit Aufschub bringen. Er hatte mit einer Verurteilung gerechnet und nur kooperiert, damit die Bestrafung möglichst gnädig ausfiel. Sein Anwalt hatte vom *Bonus des Kronzeugen* gefaselt und dem Verhalten letztlich zugestimmt. Aber eigentlich war Edgar Wilms dieses Verhalten gegen den Strich gegangen. Er musste bei seiner Mentalität einfach bis zuletzt gegen einen Schuldspruch ankämpfen. Er hatte noch nie gut verlieren können. Schon als Kind war er wütend geworden, wenn die Würfel bei *Mensch ärgere dich nicht* gegen ihn fielen. Edgar Wilms wollte kein Loser sein. Das war der absolute Negativbegriff für ihn. Mit der Zeit hatte er für sich sogar ein Selbstbild der Unbesiegbarkeit aufgebaut. Ein persönliches Versagen durfte es darum nicht geben. Die Kultur einer Niederlage war ihm nicht einsichtig. Die Schuldigen waren für ihn sowieso andere als er, nämlich seine Berater. Die hatten ihm die Chose eingebrockt und das würde er deutlich machen. Er verdrängte bei dieser Gedankenfolge, dass ihn sehr die Gier nach einer unverständlich hohen Rendite angetrieben hatte, bei dem Deal mitzumachen. Wegen seiner Kooperation und weil er mit seinem Cum-Ex-Deal nur eine Kieler Sprotte im Haifischbecken war, sah er Chancen für ein günstigeres Urteil in der letzten Instanz. Bei der Warburg-Bank wurde wegen fast 200 Millionen Euro ermittelt, wusste er. Auch wenn das Verfahren immer noch lief, ließ die Hamburger Finanzbehörde bereits 47 Millionen Euro Steuererstattung aus dem Jahr 2009 verjähren. Wenn große Player solche Gnade fanden, hoffte Edgar Wilms darauf, dass seine Rückzahlungen zumindest noch reduziert werden würden. Es durfte nicht immer zulasten der Kleinen gehen! Er wusste allerdings auch, dass die Regierungskoalition zurzeit daran arbeitete, die Gesetzeslage so zu ändern, dass Steuern aus verjährten Perioden doch zurückgeholt werden konnten. Ergebnisoffen traf er seine Entscheidung für eine Revision.

Danach zwang er sich, ein wenig abzuschalten, er wollte nur noch nach Hause. Nach Hause hieß nicht zurück in die Villa, sondern in das Firmengebäude am Theodor-Heuss-Ring.

Der Disput mit Marianne war inzwischen so heftig ausgebrochen, dass er meist in seiner kleinen Wohnung übernachtete, die er sich dort hatte einrichten lassen.

Die Probleme mit Marianne waren die nächsten, die er dringend lösen musste. ...

Die Fahrt über die Autobahn ging rasant, ohne jeglichen Stau vonstatten. Auch die Rheinuferstraße in Köln war um diese Zeit nahezu leer. Sie erreichten das Bürogebäude in Rekordzeit. »Parken Sie den Wagen in der Tiefgarage. Sie können sich morgen freinehmen. Wenn ich mit dem Wagen fahre, werde ich es selbst tun.« »Jawohl Chef.« Mit diesem kurzen Wortaustausch endete ihre gemeinsame Fahrt.

Auch in seiner kleinen Wohnung fand Edgar Wilms keine Ruhe. Das Grübeln ging weiter. Er ließ all seine geschäftlichen Praktiken Revue passieren, checkte ab, ob irgendetwas Ungesetzliches die ausgesprochene Bewährungsstrafe infrage stellen könnte.

Eine Angelegenheit machte ihm Sorgen: Der Generalmanager für die Niederlassungen in Hamburg hatte von ihm die Erlaubnis erhalten, als Nebenbeschäftigung in Wilhelmsburg eine Spedition zu gründen. Sie sollte Güter nach Afrika verschiffen. Dessen Idee war, in den Containern Elektroschrott zu verstecken, der übrig blieb, wenn er Altgeräte, die bei Ampere zurückgegeben wurden, nicht in den Entsorgungskreislauf gab, sondern ausschlachten ließ.

Er wollte danach die Reste illegal, aber kostengünstig loswerden. Edgar Wilms hatte diesem Plan zugestimmt. Dadurch wurde ein Großteil der Rücknahmen für Ampere ohne Kosten entsorgt. Das drückte sich für ihn positiv im Gewinn aus. Seine Zustimmung war im Vieraugengespräch und ohne jegliche Schriftform zustande gekommen. Irgendwelche Bezüge waren weder an ihn noch an Ampere geflossen. Er kam zu dem Schluss, dass er nichts ändern musste, wenn diese klare Trennung der Angelegenheit von seiner Person Bestand behielt. Er hatte sich auf keinen gefährlichen Boden begeben. Wenn etwas aufflog, war das ein Problem des Managers. Edgar Wilms hatte genug eigene Probleme und wollte sich mit denen von anderen nun wirklich nicht auch noch belasten. Allerdings freute ihn diebisch, dass trotz seiner »Unschuld« das Verhalten des Managers bei Ampere Kosten einsparte. Diese Einsparung kam ihm nun als Mehrgewinn zu.

Für eine weitere Herausforderung erdachte Wilms eine Lösung. Er brauchte demnächst Liquidität für die Rückzahlung der Kapitalverkehrsteuer. Deshalb wollte er im laufenden Wirtschaftsjahr möglichst viel Steuern vermeiden, der Gewinn musste durch bilanzielle Abwertungen niedriger ausfallen. Ohne den Liquiditätsabfluss aus Steuern würde es dann leichter werden, ihm als Eigner von der Gesellschaft ein Darlehen für die Rückzahlung aus dem Cum-Ex-Deal zu gewähren. Er brauchte dann in geringerem Maße, im besten Fall gar nicht, die Hilfe von Banken. Im Rahmen der offiziellen Rechnungslegungsstandards IFRS gab es einige legale Möglichkeiten, den steuerlichen Gewinn zu drücken:

Umsätze konnten zu unterschiedlichen Zeitpunkten gebucht werden, bei Bestellung, bei Ablauf der Widerrufsfrist, möglicherweise sogar erst bei Eingang der Zahlung. Er wollte die vorsichtigste zulässige Methode wählen und dadurch den Umsatz so gering wie möglich ausweisen. Sein besonderes Augenmerk galt den Lagerbeständen. Für deren Bewertung gab es die LIFO- oder FIFO-Methode (*Last in, First out* oder *First in, First out*). Da die Einstandspreise auch in der Elektronikbranche überwiegend stiegen, machte für eine Gewinnschmälerung die LIFO-Methode Sinn. Die letzten, höherpreisigen Käufe gingen aus dem Bestand und die früher eingekauften billigeren Teile bildeten mit erheblichen Bewertungsreserven den Warenwert in der Bilanz. Bisher hatte er immer andersrum gedacht, um sich möglichst viel ausschütten zu können. Edgar Wilms war sich sicher, dass mithilfe des Steuerberaters und Wirtschaftsprüfers noch andere Möglichkeiten gefunden würden. Dafür bezahlte er sie schließlich. Er brachte aber in solchen Fällen auch gern seine eigenen Ideen ein. Ich bin eben ein Macher, dachte er selbstgefällig. Nun wollte er Ruhe geben. Er hatte sich einen Schlummertrunk verdient und entschied sich für einen alten, vollmundigen Calvados. Der hielt, was er versprach. Das konnte man wahrlich nicht von jedem sagen.

Am nächsten Morgen nahm er Kontakt zu seinem Anwalt auf. Die beiden Männer waren sich schnell einig, mit Cum-Ex in die Revision zu gehen. Edgar Wilms konnte nun die Trennung von seiner Frau Marianne angehen und fragte den Anwalt nach einem Besprechungstermin. »Wir haben für Scheidungsrecht einen ausgesprochenen Spezialisten«, bekam er zu hören, und mit dem kam schon am nächsten Nachmittag ein Termin zustande. Wilms hatte somit genügend Zeit, alle erforderlichen Unterlagen bereitzulegen. Als er die Dokumente zusammenhatte, wartete er voller Ungeduld auf das verabredete Treffen. Bis dahin war es nicht mehr lange hin. Ein gutes Timing, lobte er sich und schaute noch mal über seine Notizen. Der Stapel der erforderlichen Unterlagen war recht umfangreich ausgefallen, Wilms hatte alles Wesentliche als Kopie gefertigt. Das hatte er, um keinen Mitwisser zu haben, selbst getan und war dabei wie immer gründlich vorgegangen. Es musste kein anderer in seine Privatsphäre hineinriechen. Donald Trump wird von seiner Melanie verlassen werden, wenn er die nächste Wahl verliert. Ratten verlassen das sinkende Schiff. Das soll mir nicht passieren. Ich werde Marianne verlassen, und das nach meiner Regie, stand für ihn fest. Edgar Wilms lächelte in sich hinein.

Dr. Josef Schniewind war der Name des Anwalts. Der war schon auf den ersten Blick nicht sein Typ. Er war von zu kühler Distanziertheit. Edgar Wilms bevorzugte Menschen, die sich zugewandt und als Verbündete zeigten, anstatt Zurückhaltung zu üben. Er fragte den Anwalt, ob er Sahne zu seinem Kaffee wolle, »ich benötige keine, ich trinke meinen Kaffee schwarz wie meine Seele«, versuchte er, das unterkühlte Klima aufzulockern. Doch Josef Schniewind blieb, wie er nun mal war, er antwortete sachlich: »Nein danke, ich trinke meinen Kaffee ebenfalls schwarz.« Ein wenig resigniert schaltete Edgar Wilms auf Go: »Dann sollten wir mit der Besprechung beginnen.« »Gerne, ich sehe, Sie haben einige Unterlagen bereitgelegt, das eine oder andere werde ich gründlich durchlesen müssen, doch einige Punkte können wir in diesem Gespräch schon klären. Welchen Güterstand haben Sie und Ihre Frau, Herr Wilms?« »Vor dem Altar zum Notar!« Edgar Wilms lachte und fuhr fort: »Wir haben einen

Ehevertrag mit Gütertrennung.« »Das habe ich vermutet, das ist bei den meisten Unternehmerehen der Fall. Darf ich davon ausgehen, dass Sie im Vergleich zu Ihrer Ehefrau die meisten Vermögenswerte in die Ehe eingebracht oder auch während der Ehe erwirtschaftet haben?« »Das ist der Fall, meine Frau ist nahezu mittellos in die Ehe getreten.« »Ihnen ist klar, dass ein Ehevertrag nicht alle gesetzlichen Regeln außer Kraft setzen kann? Ein Generalsverzicht zum Beispiel würde ihre Gattin übermäßig benachteiligen. Das könnte dazu führen, dass der Vertrag in Teilen oder gänzlich unwirksam würde.«

»Glauben Sie, Sie sind der erste Jurist, der sich mit der Vereinbarung beschäftigt?« , warf Edgar Wilms ungnädig ein.

Der Anwalt blieb völlig ruhig: »Lassen Sie mich trotzdem einige Eckpunkte hinterfragen, ich möchte von gewissen Voraussetzungen ausgehen können: Sie sagten bereits, der Vertrag wurde vor einem Notar geschlossen. Nach § 1410 BGB mussten dabei beide Ehepartner anwesend sein. War dies der Fall?« Edgar Wilms bestätigte das brummig. »Durch vereinbarte Gütertrennung sind nicht automatisch alle Ansprüche ausgeschlossen. Vor allem Unterhaltsleistungen werden gerichtlich sehr genau überprüft. Der Bundesgerichtshof zählt den Versorgungsausgleich zu den Kernbereichen im Falle einer Scheidung. Aber auch gemeinsames Vermögen, zum Beispiel eine gemeinsame Immobilie, kann aufzuteilen sein.« »Gemeinsames Vermögen dürfte sich nur auf Haushaltsgegenstände erstrecken. Daneben habe ich ihr während der Ehe einige Dinge geschenkt, einen Mercedes-Cabrio zum Geburtstag, diversen Schmuck und natürlich hochwertige Garderobe. Darauf erhebe ich keinerlei Anspruch. Im Übrigen gibt es keine Immobilie, an der Miteigentum beider Ehepartner eingetragen ist. Meine Frau wird auch nicht zum Sozialfall werden. Der Anwalt, der mich seinerzeit beriet, schlug den Abschluss einer Rentenversicherung als Altersversorgung vor, das wurde mit Einmalprämie erledigt. Für die Zeit zwischen Eheende und Eintritt der Altersversorgung wurde eine Sonderzahlung festgelegt. Deren Höhe und die Regelung insgesamt müssen Sie sich anschauen. Unsere Ehe besteht noch nicht einmal drei Jahre, dafür ist die vereinbarte Versorgung bestimmt nicht gering. Zu versorgende Kinder gibt es nicht.« »Dies waren für mich bereits wichtige Informationen. Alles wirkt auf den ersten Blick gut durchdacht. Die kurze Ehezeit sollte dazu führen, dass das Familiengericht den Ausgleich nicht von Amts wegen verhandelt, sondern nur auf Antrag mindestens eines der Beteiligten. Es sieht ganz so aus, als träfe ich auch nach Überprüfung der Unterlagen auf keine unüberwindbaren Hindernisse.« Nach einer kurzen Atempause fuhr er fort: »Was für mich noch Ihrer Erklärung bedarf, ist das gesetzlich verordnete Trennungsjahr. Ein Trennungsjahr vor der Scheidung ist unabhängig von der Dauer der Ehe nach unserem Gesetz ein Muss. Grund dafür ist, übereilte Entscheidungen zu vermeiden. Eine eheliche Lebensgemeinschaft darf in diesem Jahr nicht mehr bestehen. Am besten ist dabei eine räumliche Trennung. Dazu gibt es einige Ausnahmen, insbesondere die, dass die wirtschaftlichen Verhältnisse dies unmöglich machen. Das dürfte in Ihrem Fall eher nicht gegeben sein. In diesem Jahr könnte sich auch die Steuerklasse ändern, und zwar zu Ihren Ungunsten, Herr Wilms. Ein Wechsel erfolgt jedoch weder bei der Trennung noch bei der Scheidung von allein. Er muss von einem der Beteiligten beim Finanzamt beantragt werden. Hier sollte man unter vernünftigen Menschen keine unvernünftigen Entscheidungen treffen. Schließlich lässt das Ehepaarsplitting für beide mehr monetäre Verfügungsmasse im Topf.« »Ich bin sicher, wir werden eine Übereinkunft zustande bringen. Auch hinsichtlich einer einvernehmlichen Regelung, wer wo wohnt, bin ich zuversichtlich. Mein Leben besteht sowieso fast nur aus Arbeit. Ich habe eine kleine Wohnung in meinem Verwaltungsgebäude. Die würde mir für diese Zeit genügen.«

»Auf einen Unterhalt im Trennungsjahr kann ebenfalls nicht wirksam verzichtet werden.« »Meine Frau bekommt heute schon eine fixe Summe als Monatsgeld auf ein eigenes Konto. Ich habe nie danach geschaut, was damit passiert. So kann das bleiben, und auch die Höhe würde ich über das Jahr nicht infrage stellen. Ich bin nicht unfair. Das erwarte ich allerdings auch von meiner Frau.« »Haben Sie mit Ihrer Gattin über Ihre Absicht schon gesprochen?« Nein, aber das möchte ich so schnell als möglich tun. Ich will das Trennungsjahr nicht weiter hinauszögern. Wie lange brauchen Sie für Ihre Durchsicht der Unterlagen und die endgültigen Ratschläge?«

»Geben Sie mir drei Tage.« »Ich erwarte von Ihnen auch Vorschläge, wie ich mich verhalten sollte, wenn meine Frau sich an der ein oder anderen Stelle widerborstig zeigt.« Die beiden Männer gingen nach zwei Stunden wieder auseinander.

Edgar Wilms drängte es, noch am selben Abend zu seiner Villa in Marienburg zu fahren, um mit seiner Frau zu sprechen. Er wollte Marianne ohne Vorwarnung antreffen.

Er rief nicht vorher an, um sich keinen Korb einzufangen und hatte Glück. Er wollte sich zusammenreißen, denn manchmal riss sein Geduldsfaden schon beim Einfädeln. ...

Marianne Wilms saß in einem Kimonokleid auf ihrem Lieblingssessel im Wohnzimmer mit einer Flasche Nagellackentferner in der Hand. Sie färbte sich gerade ihre Nägel ab. Seine Ehefrau schaute ihn überrascht an. »Guten Abend, wir müssen miteinander reden«, kam Wilms einer Frage von ihr zuvor. »Ich bin sprachlos«, antwortete sie mit einem schiefen Grinsen.

Edgar Wilms fläzte sich auf die weiße Angebercouch ihr gegenüber und meinte: »Mir ist nicht nach scherzen.« »Was soll das heißen?« »Ich finde, so kann es nicht weitergehen mit uns. Ich denke an Trennung. Ich hatte mal gehofft, wenn zwei sich zusammentun, werden sie mehr als die Summe ihrer Teile. Doch das war wohl ein Trugschluss.«

Marianne zögerte einen Moment, dann entschloss sie sich für die giftige Variante: »Für eine Trennung hätte ich Sympathien, aber es darf nicht so unfair zugehen wie in deinem Geschäftsleben. Alles andere wäre ein weiterer Trugschluss von dir.« Edgar Wilms bemühte sich, ruhig zu bleiben: »Okay, ich agiere im Geschäft völlig emotionslos, und das würde ich in diesem Fall auch tun. Solche Angelegenheiten vertragen keine Gefühle. Mir fehlen für dich sowieso inzwischen alle Emotionen.« Er war ruhig geblieben, hatte aber trotzdem zurückgeschossen. »Würde es dann wie in deinem Geschäft auch bei der Scheidung ungesetzlich? Das hat man dir doch gerade im Geschäftsleben durch Urteil attestiert.« Langsam, aber sicher stieg in Edgar Wilms Wut auf, doch er ließ sich immer noch nichts anmerken. »Zum einen ist das, was du ansprichst, noch längst nicht rechtskräftig entschieden, zum anderen bin ich willens, die Trennung ohne schmutziges Wäschewaschen zu bewerkstelligen. Das habe ich schon beim Aufsetzen unseres Ehevertrages unter Beweis gestellt. Wir sollten daraus nun das Beste machen. Er ist der Vertrag für einen solchen Fall, auch wenn ich gehofft hatte, ihn niemals zu gebrauchen.« »Nun gut, ich werde mich an Verträge halten, vorausgesetzt, dass sie sich nicht als sittenwidrig oder Vergleichbares erweisen.« Nach diesem mit juristischen Wörtern gespickten Satz war Edgar Wilms klar, dass sich Marianne schon mit dem Thema Scheidung beschäftigt hatte. Er ließ sich das jedoch wieder nicht anmerken. »Das ist dein gutes Recht. Eine Scheidung ist erst nach einem Trennungsjahr möglich. Mit diesem Jahr möchte ich möglichst schnell beginnen. Dabei geht es um eine Trennung von Tisch und Bett, eine örtliche Trennung. Du weißt, dass ich eine Wohnung in meinem Verwaltungsgebäude habe. Die würde mir für dieses Jahr reichen. Für dich müsste sich hier also nichts ändern. Du kannst in der Villa bleiben.« »Nun aber mal langsam mit den alten Pferden. Ich will das Ganze zwar nicht verzögern, aber ich möchte mich zunächst anwaltlich kundig machen. Ich hoffe, du hast nicht vor, mir den Geldhahn zuzudrehen.« »Natürlich nicht, der monatliche Betrag zu deiner Verfügung kann so bestehen bleiben. Du wirst sehen, mir liegt viel an einer sauberen Beendigung.« »Wahrscheinlich nur, weil du sonst Angst um dein Standing hättest. Du bist durch Cum-Ex schon genug geschädigt.«

Marianne stand auf, sie war ein wenig erregt. Unter dem langen Hauskleid trug sie hohe Absätze. Die tönten im Stakkato. »Bist du gewachsen?«, wurde Edgar sarkastisch. Marianne drehte sich zu ihm um und antwortete verächtlich: »Natürlich nicht! Aber ich habe mir abgewöhnt, mich vor dir klein zu machen.« Dann ging sie ruhig, aber mit besonders lautem Klappern ihrer Schuhe zu ihrem Sitzplatz zurück. Edgar Wilms lenkte ein: »Lass uns dieses Gespräch beenden, bevor es im Ton ausartet. Ich bitte dich, innerhalb der nächsten Woche die Gespräche mit einem Anwalt zu führen, die dir notwendig erscheinen. Dann sollten wir uns mit unseren Anwälten tref-

fen und Nägel mit Köpfen machen. Auch dir müsste an einem Ende ohne
Schrecken gelegen sein. So kann es jedenfalls nicht weitergehen.«

Marianne Wilms nickte und fuhr stoisch fort, ihre Nägel mit einer
anderen Nagellackfarbe zu lackieren. Wilms verließ mit einem kurzen
»auf Wiedersehen« das Haus. Er war nicht unzufrieden mit dem Ergebnis
der Aussprache.

Er gewöhnte sich schnell daran, im Büro Fertigmenüs kaufen zu lassen
und sie in der Mikrowelle zuzubereiten. Immer allein im Restaurant zu
essen, passte ihm nicht. Ein Essen in legerer Bekleidung hatte auch seinen Charme. Seine Sekretärin sorgte für eine ansprechende Auswahl im
Tiefkühlfach.

Und was brachte die Zukunft? Die Ampere GmbH gehörte auch nach
dem Abflauen der Infekte durch die Impfkampagne zu den Gewinnern.
Die Nachfrage nach Elektro- und Elektronikgeräten hatte schon während
dem Höhepunkt der Corona-Krise zugenommen und sich bei Lockdown
und Schließungen der Filialen nahezu eins zu eins auf das Online-Ge-
schäft verlagert. Die Nachfrage stabilisierte sich nun auf diesem hohen
Niveau. Edgar Wilms erfüllte das mit Befriedigung. Er frönte schließlich
weiter der besinnungslosen Anbetung von Geld. Er war wie ein Spieler
beim Roulette. Er konnte nicht einfach aufstehen und aufhören. Er wollte
um jeden Preis gewinnen.

Amperes nächste Bilanz trug seinen Überlegungen Rechnung. Trotz
Ausschöpfen bilanzieller Abwertungsmöglichkeiten ging der Gewinn
analog der trotz allem eintretenden Umsatzsteigerung nach oben. Es ent-
stand wegen verdeckter Reserven für Wilms kein Liquiditätsproblem.
Er konnte sich neben der Gewinnausschüttung problemlos ein größeres
Privatdarlehen gewähren.

Der Fiskus hatte inzwischen damit begonnen, aus Cum-Ex-Geschäften
hinterzogene Steuer zurückzuholen. Mehr als 1,1 Mrd. Euro waren so
schon zusammengekommen. Das hatte eine Verlautbarung der Länder-
finanzministerien angezeigt.

Milliarden Euro an zu Unrecht erstatteten Steuern standen noch aus. Edgar Wilms hatte sich auf Anraten seiner Berater entschlossen, hinsichtlich seiner Schuld nicht auf die Beitreibung zu warten, sondern aus freien Stücken zurückzuzahlen. Die abgegebene Erklärung dazu war bestens abgestimmt: »Ohne Anerkennung einer strafrechtlichen Schuld habe ich mich entschlossen, die erstattete Kapitalertragsteuer zurückzuzahlen. ...« Wilms hatte gehört, dass ein solches Verhalten, bei noch nicht abgeschlossenen Verfahren, vor Gericht sehr gut angekommen war. Die exakte Summe seiner Schuld stand mit 3 Millionen Euro bereit, um ausgezahlt zu werden. Sein Verhalten sollte die Wirkung nicht verfehlen. Auch wenn das Urteil der nächsten Instanz unter anderer Besetzung des Senats fallen würde. Der vorsitzende Richter begrüßte die Ankündigung.

Edgar Wilms ging davon aus, vor Gericht lebe man wie auf hoher See: Man befand sich in Gottes Hand. Nur der Teufel ließ sich auf einen Handel ein. Gott hatte das noch nie getan. Er ließ allerdings auch nichts aus Zufall geschehen. Seine Wirkungsweise war vorbestimmt, dachte Wilms zerknirscht. Es war merkwürdig, dass er an Gott dachte, wo er sonst nicht einmal das Vaterunser zustande brachte. Ich werde schon genügend Möglichkeiten erhalten, meinen »demütigen« Entschluss auszuschlachten, war er sich sicher. Seine Rückzahlung konnte er unter das Motto stellen: *Tue Gutes und sprich darüber!* Nachdem er mit Cum-Ex ins Gerede gekommen war, war ihm jedes probate Mittel recht, seinen Ruf wieder aufzupolieren. Er hatte neue Pläne und immer noch klare Vorstellungen von seinem Leben und seinem Aufstiegsweg. Die Flüchtigkeit der eigenen Zeit trieb ihn zur Eile an. Der Vorsitzende des Gesamtverbands der Elektro- und Elektronikindustrie, Dr. Dieter Güldenpfennig, hatte unlängst Rückzugsgedanken verlautbaren lassen. Edgar Wilms sah darin eine Möglichkeit, mit einer Nachfolge sein angekratztes Image wieder aufzupolieren. Er war sich im Klaren, dass trotz seiner guten Vernetzung für seine Bewerbung zuvor viel Arbeit anstand. Die Beschädigung seines Images durch Cum-Ex musste er irgendwie kompensieren. Gott sei Dank war sie für viele nur ein Kavaliersdelikt, und dadurch wurde er zu keinem Ausgestoßenen. Seine Mitkonkurrenten würden allerdings kaum akzeptieren, dass er als Hauptkonkurrent im geschäftlichen Bereich auch noch als Boss des Gesamtverbands auftrat. Das angestrebte Amt erforderte von seinem Träger Neutralität. Edgar Wilms hatte schon länger daran gedacht, die Geschäftsführung bei Ampere an die jüngeren Männer seiner Führungsebene abzugeben. Er hatte sie dafür lang genug geschult. Sie waren durch eine harte Schule gegangen und in der Lage, die Führung zu übernehmen. Er war müde geworden, in ihm stärkte sich das Gefühl, der Geist der Firma ergriffe die Flucht, wenn weiter nur eine dominante Führungspersönlichkeit auftrat. Schon deshalb hatte er eine personelle Veränderung angedacht. Er hatte lang genug auf die Nachrücker Druck ausgeübt. Jetzt waren sie dran. Er wollte sich nur noch als Shareholder zeigen. Diese Rolle hatte man auch beim Amtsantritt von Dr. Güldenpfennig akzeptiert. Ein fadenscheiniges, aber stechendes Argument. Edgar Wilms war zu Recht zuversichtlich, dass er mit seinen Beziehungen auf dieser Grundlage den Verbandsvorsitz erreichen konnte. Es war gut, Ziele zu haben, dachte er, die brachten einen leichter durch schwere Zeiten.

Im privaten Bereich hatte er mittlerweile den Rücken frei.

Das Trennungsjahr von Marianne war ohne Turbulenzen vergangen, und die Scheidung war genau nach den getroffenen Vereinbarungen zustande gekommen. Wilms logierte wieder in seiner Villa, wenngleich, als einsamer Wolf. Er konnte schon wieder über seine Situation scherzen. In Männergesprächen kamen ihm dazu launige Sätze über die Lippen: »Eine Ex ist teurer als eine Ehefrau. Das stimmte bei mir jedenfalls nicht. Ich hatte beizeiten Vorsorge getroffen.« Seine Gesprächspartner kannten ihn als alten Fuchs und nahmen ihm das ohne Weiteres ab. Zu Zeiten der Pandemie wählte er in diesem Zusammenhang einige andere Sätze, die für kurze Zeit seine Favoriten wurden: »Der Schlüssel zur Beherrschung der Pandemie liegt nach wie vor in den Kontaktbeschränkungen. Außerdem komme ich langsam in die Jahre, und bin bei langfristigen Verträgen leicht der Verlierer. Wenn ich eine Frau will, miete ich sie am besten für Stunden.« Die Lacher waren auf seiner Seite.

Edgar Wilms hatte damit sein Verhalten gut umschrieben. Wenn ihm danach war, nutzte er die verlockenden Angebote eines Escort Services. Er tat das nie in seiner Heimatstadt Köln. Er war oft genug auf Reisen. *Der Mensch lebt nicht von Brot allein*, soll Jesus schon gesagt haben!

Schon bald hatte Edgar Wilms einen Grund für eine weitere Reise. Sie führte ihn nach Hamburg. In einer seiner größten Filialen war im Sammeldepot für Altgeräte ein Brand ausgebrochen. Nach der Aussage der Brandursachenermittlung hatte sich in dem übervollen Depot ein Lithium-Akku in einem Handy entzündet. Die Flammen waren auf das Lager übergesprungen und hatten einen Großteil der Warenbestände sowie die gesamte Halle vernichtet. Es war schon länger bekannt und in der Diskussion, wie leicht Brände durch gelagerte Lithium-Akkus entstehen konnten. Nun hatte Wilms vor, den Umstand in seiner Wahlkampagne für den Vorsitz des Gesamtverbands aufzugreifen und weidlich auszuschlachten. Er wollte nach gesetzlichen Regeln verlangen. Alte Mobiltelefone sollten per Gesetz bereits bei ihrer Annahme von den Akkus getrennt werden. Bei seiner Filiale war kein existenzbedrohender Schaden eingetreten. Alles war vorbildlich versichert gewesen. Es bestanden Sachschaden-Versicherungen genauso wie eine Betriebsunterbrechungsversicherung. Außerdem wollte Wilms bei seinem Auftritt vor den Medien die Möglichkeit nutzen, sich den Mantel des Umweltschützers umzuhängen, wenn auch auf anderer Leute Kosten: Er forderte die Hersteller der Geräte auf, endlich eine Kampagne zu starten, damit die Verbraucher sich eine richtige Entsorgung für Altgeräte angewöhnten. Etwas überspitzt, aber nicht völlig aus der Luft gegriffen, geißelte er publikumswirksam ein weiteres Szenario, ohne jedoch einen Lösungsweg aufzuzeigen: Als Spätfolge der Pandemie blieb in vielen Bereichen der Industrie die Nachfrage nach Metallen aus. Auf der anderen Seite war mehr Material als sonst auf den Wertstoffhöfen gelandet. Hohes Angebot aus dem Recyclingmarkt, das auf schwache Nachfrage traf, führte zu geringeren Metallpreisen. Das verdarb die Margen der Recyclingunternehmen und wirkte kontraproduktiv, sich in diesem Bereich für Umweltschutz zu engagieren. Seine drei Statements wurden von seinem Pressemann professionell aufgesetzt und waren Grundlage für ein gelungenes Interview. Die Argumente gingen aber auch in einem Folder mit seinem Bild geziert in reichlicher Anzahl an alle Mitglieder des Verbands. Edgar Wilms erfuhr viel Zustimmung und keinerlei Kritik. Dabei hätten die bestimmt viele gern ausgesprochen, aber sie fanden zähneknirschend keinen Ansatz dafür. Es war zunehmend sicher, dass er als Nachfolger von Güldenpfennig gewählt würde. ...

Die moralische Bewertung
dieses wirtschaftlichen Verhaltens, ein Fazit:

In Deutschland praktiziert man das soziale Marktwirtschaftssystem. Das Wort »sozial« war allerdings bei vielen Marktteilnehmern dehnbar oder sogar ganz aus den Köpfen herausgerollt. Firmen rationalisieren und entlassen Beschäftigte, nur um den Aktienwert zu steigern. Oder sie entziehen riesige Geldsummen plötzlich aus Ländern und erreichen deren wirtschaftlichen Zusammenbruch. Profitmaximierung scheint der einzige Grund dafür zu sein. Die praktizierte Ethik hatte einen nur minimalen Standard, unter den die Gesellschaft nicht gehen durfte. Wegen dieses Umstands geriet das System zunehmend weltweit in die Kritik. Leichte, soziale Zugeständnisse reichten nicht mehr. Es trat zu deutlich zutage, dass Profitmaximierung im Vordergrund stand. Gewinnstreben war zwar eine wichtige Voraussetzung für allgemeinen Wohlstand, aber wurde angreifbar, wenn es wichtiger wurde als Moral und Gerechtigkeit. Eine solch eindimensionale Managementmaxime ließ Fragen der Ethik, Humanität, Solidarität, Verantwortung, Gleichbehandlung von Mann und Frau, Gesundheit, Nachhaltigkeit und des Umweltschutzes überwiegend außer Acht. Das verschärfte soziale Ungleichheiten in der nationalen Gesellschaft und im globalen Umfeld. Zusammengefasst unter dem Begriff Corporate Social Responsibility (CSR), wurden als Alternative mehrdimensionale Maximen verlangt. Diese wirtschaftsethische Forderung trug aus Unternehmersicht jedoch nur langfristig ökonomische Früchte. Kurzfristig war sie für das Gewinnstreben kontraproduktiv. Das führte in den Unternehmen oft nur zu geheuchelten Lippenbekenntnissen bei gleichzeitigen Umgehungsversuchen. In der vorangegangenen Episode zeigten sich die Unternehmen und

Unternehmer im Spannungsfeld des unternehmerischen Profits und der zusätzlich geforderten oder gesetzlich geregelten Werte. Wenn Unternehmen sich trotzdem für eine aktive CSR-Politik entschieden, standen sie vor einer immensen Implementierungsproblematik. Europäische wie nationale Institutionen bemühten sich dafür um verbindliche Richtlinien.

Aber in vielen konkurrierenden Ländern fehlte Verhandlungsbereitschaft für ein solches Verhalten. Deshalb war generelle ökologische und soziale Verantwortung immer noch ein Wunschtraum. Man wusste nicht, ob es besser wurde, wenn es anders wurde; aber so viel war gewiss: dass es anders werden musste, wenn es gut werden sollte.

Schnell wird deutlich, wie wenig Edgar Wilms die Grundsätze eines ehrbaren Kaufmanns verinnerlichte. Sie ließen sich in zehn Geboten zusammenfassen:

- Höre auf deine Mitarbeiter und dein Gewissen, und behalte bleibende Werte im Auge.

- Die Menschenwürde der Mitarbeiter ist zu beachten.

- Aufbau und Erhalt von Arbeitsplätzen ist ein vorrangiges Ziel.

- Stehe für Fairness und Wahrheit.

- Unterstütze uneigennützig Leistung, Forschung Aus- und Weiterbildung.

- Trage echte soziale Marktwirtschaft in die Öffentlichkeit.

- Auf dein Wort muss Verlass sein.

- In Konfliktfällen müssen faire Einigungen erzielt werden.

- Suche den konstruktiven Dialog.

- Respektiere das geistige und materielle Eigentum anderer.

Das Entwicklungsland Ghana hat Probleme, auch Elektroschrottprobleme!

Der Staat sollte vorzüglich nur für die Ärmeren sorgen, die Reichen sorgen für sich selbst. (J. G. Seume)

Fast 2,4 Millionen Menschen leben in Accra, der größten Hafenstadt Ghanas. Als Hauptstadt ist sie das administrative und wirtschaftliche Zentrum des Landes. Die Höchsttemperatur beträgt im Durchschnitt erträgliche 30,3 Grad Celsius, und im Jahr kommt man auf 54 Regentage.

Auf der Deponie Agbogbloshie der Millionenmetropole, einer der größten Müllhalden für Elektroschrott auf der Welt, landen Exporte, überwiegend illegale Einfuhren, aus dem reichen Europa, aus den USA, Kanada, Australien und China. Unzureichende Zollkontrolle in den Exportländern, aber auch korrupte Beamte in Ghana, machen die Einfuhr trotz gesetzlicher Verbote erst möglich.

Jedes Jahr entstehen auf der Welt über 40 Millionen Tonnen Elektromüll, sogenannter E-Waste. Computer, Fernsehgeräte, Kühlschränke und Handys gehören zu den wertvollsten Stücken, die es auszubeuten oder zu reparieren gilt.

Teilweise erhalten die Geräte ein zweites Leben, der Rest ist nur noch zum Ausschlachten gut. Eisen, Aluminium, Blei und Kupfer, oftmals sogar Gold und Platin, werden aus den Müllbergen herausgeklaubt. Die Deponie wächst Jahr für Jahr weiter, ist längst ein Moloch geworden, und steuerte auf ein unfassbares Umweltdesaster zu.

Mitte 2000 waren Importe sogar noch Bestandteil von westlichen

Hilfsprogrammen. Sie sollten als Secondhandware im Entwicklungsland für wirtschaftlichen Aufschwung sorgen. Doch unseriöse Händler erkannten, dass man auf diesem Weg, mithilfe von falschen Deklarationen, auch Elektromüll billig loswerden konnte. Dieses kriminelle Verhalten verstieß gegen das Basler Übereinkommen, das solcherart Exporte nur an Länder erlaubte, die über ein sach- und fachgerechtes Abfallmanagement verfügten, welches Umweltschädigungen ausschloss. Viele schlossen die Augen davor, nur wenige sahen weiter: Es waren weniger die staatlichen Behörden, sondern Organisationen wie Greenpeace, Radio- und Fernsehanstalten wie BBC und ARD, die solchen Umweltsünden nachgingen und verbotene Exporte mit Peilsendern auf ihren verschlungenen Wegen bis nach Ghana verfolgten.

Ghana leidet nicht übermäßig unter Dürreperioden und hat auch genug Nahrungsmittel aus der eigenen Landwirtschaft. Aber die ungleiche Verteilung der Güter über die Bevölkerung warf immer schon Probleme auf. Die Armen, darunter auch alleinstehende Kinder, zog es deshalb zum Überleben in die Städte, besonders in die Hauptstadt. Die Aufgaben für Kinderarbeiter waren in anderen Regionen noch härter als dort: am Volta-Stausee zum Beispiel riskierten Jungs ihr Leben bei der Fischerei. Sie tauchten ohne Ausrüstung und ohne Schwimmkenntnisse nach verhedderten Netzen. Oft waren sie stundenlang im Wasser. In anderen Gegenden schufteten sie in Goldminen, auf Kakao-Plantagen oder als Träger schwerster Lasten. Manche Mädchen wurden in die Prostitution oder als Haussklavinnen verkauft.

Besonders aus den ärmeren nördlichen Regionen zog es die Menschen an die Küste, wo sie ohne genügend Ausbildung einen tiefen sozialen Abstieg hinnahmen, aber davon träumten, auf der Deponie ihr Glück zu machen. Sie lebten in Obdachlosigkeit, später in wildwachsenden Slums rund um die Deponie. Dort vegetierten sie in Verschlägen, die sie aus Blech und alten Brettern zusammenzimmerten. Eine Kanalisation gab es nicht und mithin auch kein sauberes Wasser. Selbst die fischreichen Gewässer an der Goldküste waren durch die Deponie für Flossenträger zu giftigen Gräbern geworden. Wenn Fische an Land gezogen wurden, waren viele von ihnen zu Monstern mutiert. Sie hatten Beulen an den Köpfen und an ihren Leibern offene Wunden.

Mit den ersten Möwenschreien hatte der Tag auf Agbogbloshie begonnen. Die Luft waberte grau über der Müllhalde, die gar kein Ende zu nehmen schien. Bis zu 50.000 Menschen, darunter viele Kinder, gingen ihrem Tagwerk nach, obwohl sie wussten, dass der Ertrag ihrer Arbeit höchstens fürs Überleben reichte. Sie hatten keine Alternative. Die meisten von ihnen gingen am Ende des Tages hungrig zu Bett. Sie waren gläubig, fast 58 Prozent von ihnen Protestanten. Religion spielt in Ghana eine große Rolle. Ihnen blieb nur das Beten für das tägliche Brot und einen besseren nächsten Tag.

Die christlichen Religionen waren erfolgreich in die Kolonien Afrikas verpflanzt worden. Die Säkularisierung hingegen war nicht im gleichen Maße wie in den Herkunftsländern nachgefolgt. Die auf das Christentum gegründete Ausrichtung westlichen Länder wurde nur dort während der Aufklärung oder durch die Erklärung der Menschenrechte von 1789 entzaubert. (Max Weber) Christliche Vorstellungen und Werte wurden in politische Ideen und soziale Werte säkularisiert. Der christliche Ursprung der Entwicklung geriet immer mehr aus dem Blickfeld. Man spricht von der Marginalisierung der Kirchen. Das war in Afrika und damit auch in Ghana noch anders. Aber da die neue »Zivilreligion« (post-christliche Werte) der westlichen Länder den kämpferischen Glauben wie einst das Christentum beibehalten hatte (Charles Taylor, kanadischer Politikwissenschaftler und Philosoph), war dies ebenfalls langsam in Wandlung begriffen. Den afrikanischen Völkern wurde nunmehr eine eindimensionale westliche Fortschrittsordnung oktroyiert. Das auf dem Christentum basierende säkularisierte Wertesystem wurde, wie einst das Christentum in den Kolonien, universalisiert. »Der Grad an Verwestlichung wurde zum Maßstab für Fortschritt und Rückschritt.« (Yersu Kim, Philosoph) ... Die Deponiearbeiter stocherten in den Schrottteilen herum, schmissen Dinge, die ihnen wertvoll erschienen, auf die Ladeflächen der verrosteten Lkws. Andere suchten in den Resten von Geräten, die nicht mehr repariert werden konnten, nach Ersatzteilen oder Drähten und verwertbaren Metallstücken. Sie brannten mit altem Schaumstoff die Plastikumhüllung der Geräte ab. Notgedrungen atmeten sie dabei die giftigen Dämpfe ein, die sich in den Rauchschwaden entwickelten. Austretende toxische Gase führten zu Atemwegserkrankungen. Ohne diese Dämpfe wäre der Himmel meist blau gewesen. Sie verbrannten ohne jegliche Sicherheitsvorkehrungen die Kabelummantelungen, bis sie die Kabelmetalle endlich freigelegt hatten. Die Scrap Boys, die Kinder auf dem Schrottplatz, nahmen die defekten Geräte auseinander. Viele von ihnen trugen bald überall am Körper wie Kainsmale schwärende Hautverätzungen, weil sie dabei austretende Säure verletzte. Schleichende Bleivergiftung war gang und gäbe. Viele Kinder wiesen psychomotorische Störungen auf, aber auch Nieren- und Lebererkrankungen. Die erkannte man an den eingetrübten, entzündeten Augen. Andere Kinder zertrümmerten Bildschirme der Computer und Fernsehgeräte, um an deren wertvolle Innereien zu kommen. Sie setzten Kadmium aus den Weichmachern im Kunststoff und Phosphor aus dem Inneren der Geräte frei, was sie ebenfalls vergiftete und zusammen mit Quecksilber und Arsen auch noch den Erdboden verseuchte. Es war der Tod, der dann in der Erde brütete. In kleinen Rinnsalen ging der Weg des Gifts weiter durch Flüsse bis ins Meer. Der Artenreichtum unter der Wasseroberfläche war schon längst verschwunden.

Die ganz Kleinen zogen Magneten aus den Lautsprechern an Schnüren hinter sich her. An ihnen blieben kleine Metallstücke haften. Schrauben, Platinen, Bruchstücke von Aluminium und Kupfer. Sie klaubten sie auf und suchten für sie mit Gebettel gutmütige Käufer unter den Händlern. Sie erhielten höchstens ein paar Eurocent als Lohn, aber wenigstens genug für eine karge Mahlzeit am Tag. Dioxine schafften es auch durch die Luft und verseuchten Blätter an Bäumen und die Früchte auf den Feldern oder sogar auf dem naheliegenden, großen Gemüsemarkt, wo sie auf den Verzehr warteten. In Ghana sollte man Tomaten mögen. Die Menschen hier essen sie immer, auf der Hand oder als Salat mit Zwiebeln. Auf dem Markt von Agbogbloshie war jedoch der Kreislauf des Giftes vorprogrammiert. Über den Nahrungskreislauf wurden die Menschen ein weiteres Mal vergiftet. Regengüsse leiteten das Gift ins Grundwasser, und in vielen Rinnsalen gelangte es bis in die Lagune oder den vormals fischreichen Odor-Fluß, in dem längst das Fischsterben für Totenruhe sorgte. Die Korle-Lagune galt inzwischen als eines der meistverschmutzten Gewässer der Welt. Fischer hatten immer öfter Teile von Kühlschränken und Monitoren anstatt Fische in ihren Netzen. Alte Männer spielen davon unberührt am Ufer Würfelspiele und registrieren den schrecklichen Gestank vom Wasser her scheint's gar nicht mehr. Neben ihnen standen Kühe und Ziegen, die sich im Schlamm an den wenigen sprießenden Grashalmen gütig taten und mehr toxische Substanzen als Nährstoffe in sich hineinfraßen. Es hatte sich unter den Bewohnern längst herumgesprochen, dass diese giftige Arbeit ihre Lebenserwartung dramatisch verkürzte. Sie sprachen von der *Toxic City*. Auch *Sodom* und *Gomorrha* wurden der Slum und der Elektroschrott-Platz am Rande von Ghanas Haupt- und Hafenstadt, genannt. Doch die Alternative war, vor Hunger und Durst noch früher zu sterben.

Erst wenn es abends dunkel wurde, trugen die Sammler ihre gefüllten Jutesäcke auf dem Rücken oder balancierten Plastikpakete auf dem Kopf zu den Hütten der Händler, die am Rande der Deponie Hof hielten, die Beute des Tages schätzten, knausrig bezahlten und die Ware in ihrem Lager vereinnahmten. Die von ihnen gekauften Ersatzteile und defekten Geräte wurden nebenan repariert. Diese Männer waren die Treppe des Elends schon eine Stufe hinaufgeklettert. Sie stocherten nicht mehr selbst im Gift, sondern handelten mit den freigelegten Materialien. Für die Ärmsten der Armen, die nur die Deponie kannten, waren sie unfassbar reich. Für den Verkauf der reparierten Geräte an Zweitbesitzer war um die Händler herum ein weiteres Stadtviertel entstanden. Hier wohnten die Endverkäufer. Sie hatten erfolgreich noch eine weitere Stufe erklommen und waren für die Müllsammler gar nicht ansprechbar. Dies wäre unter ihrer Würde gewesen.

Um die 100 Euro kosteten funktionsfähige Flachbildschirme, aber auch Mikrowellen und Autobatterien verkauften sich gut. Neue Geräte waren für einheimische Käufer zu teuer. Reparierte Teile guter Marken waren besser als billiger Schund aus China.

Samuel Cherono fühlte sich heute überhaupt nicht fit. Die ganze Nacht hatte er wachgelegen, denn ihn hatten starke Kopfschmerzen gequält. Als er aufstand, war ihm sofort schwindelig geworden. Er taumelte vor sich hin. Draußen vor der Tür der Bretterbude glaubte er, sich übergeben zu müssen.

Samuel versuchte es mit heiserem Husten und spuckte den Auswurf auf die Erde. Seine geröteten Augen weiteten sich vor Anstrengung, aber auch vor Schreck, als er das Ergebnis sah: Blut! Das Wort hatte er von den anderen gehört, aber bisher nichts damit anfangen können. Ich bin krank, richtig krank, erkannte er mit einem Mal. Er fühlte sich wie ein Fisch, der nicht wusste, ob er noch lebte oder schon tot an der Oberfläche des Wassers trieb. Er durfte sich nicht lange bemitleiden. Schnell musste er wieder mit seinen dünnen Plastik-Flip-Flops an den Füßen, dem zerrissenen T-Shirt und den fadenscheinigen Shorts am Leib in den Scherben zerschlagener Flachbildschirme nach verkaufbarem Metall suchen. Es war schon ein Privileg, Flip- Flops zu tragen. Viele Sammler liefen barfuß herum und zogen sich so lange Wunden an den Füßen zu, bis sie nicht mehr gehen konnten. Nur durch diese gefährliche Arbeit lebte Samuel noch, auch wenn sie auf Dauer todbringend war. Müde sah er an seinen Armen und Beinen herunter. Sie waren von Glassplittern und Metallstücken zerkratzt und vernarbt. Er würde heute besonders vorsichtig sein, denn er hatte für neue Wunden keine Salbe mehr. Notfalls musste er verseuchte Erde in die Wunde reiben, um wenigstens die Blutungen zu stillen. Das war zwar eine Lösung, aber die allerschlechteste. Er hörte aus dem Off die Warnung der Älteren: »Dadurch wirst du erst richtig krank!« Das Wort »Tetanus« machte in diesem Zusammenhang die Runde und ihm Angst. Der Elektroschrottberg war heute sehr glitschig. Es musste die Nacht über geregnet haben. Samuel Cherono glitt aus und rutschte den Müllberg hinunter. Während des Fallens schrie er auf. Unten blieb er wimmernd liegen und wand sich im Schmutz. Sein Freund Amissah Nkrumah eilte zu ihm hin.

Als obdachlose Straßenkinder im Hafenbereich hatten sie sich kennengelernt. Auch dort hatten sie hart malocht. An kurzen Tagen begann die Arbeit morgens um fünf Uhr, an langen Tagen schon um drei. Feierabend war niemals vor zwanzig Uhr. Amissah wusste sofort, dass mit Samuel etwas Schlimmes passiert war. Als er ihn erreichte, sah er, dass dessen linkes Bein an der Vorderseite stark blutete. Doch das war noch nicht alles: Aus der aufgeplatzten Haut schaute ein spitzer Knochen heraus. Amissah ahnte, dass Samuel von nun an ein noch viel ärmeres Leben als Krüppel führen musste. Denn medizinische Hilfe für so etwas gab es hier nicht. Die Kinder und Jugendlichen arbeiteten auf der Halde auf eigenes Risiko. Sie schützte kein Sozialsystem. Amissah schulterte den Verletzten ohne Rücksicht darauf, dass die Blutung seine einzigen Kleidungsstücke versaute. Er trug Samuel schwer schnaufend zur Hütte, in der dieser mit seiner Mutter lebte. Die hatte, wie auch ihn, sein Vater vor Jahren einfach zurückgelassen. Die Mutter war mit der Situation überfordert. Die Hütte der Familie versank zunehmend im Chaos. Es gab kein Bett, keine Matratze. Mutter und Sohn schliefen auf dem Lehmboden, der manchmal vor Nässe triefte. Amissah schaute immer wieder verzweifelt in den heute blauen, wolkenlosen Himmel. Der Wind stand günstig. Der Junge fühlte sich trotzdem der Hölle näher als dem blauen Himmelszelt. Samuels Mutter war nicht zu Hause. Sie verkaufte in den Straßen selbstgemachte Süßigkeiten. Also legte Amissah seinen Freund, so vorsichtig wie möglich, auf dem schmutzigen Boden der Hütte ab. Die Decke, die er fand, schob er ihm unter den Oberkörper, damit Samuel möglichst bequem lag. Sein verletztes Bein streckte er, trotz dessen Gewimmer, so weit es ging in seine natürliche Lage. Einen Wasserkrug stellte er neben den Freund. Mit letzten tröstenden Worten machte er sich wieder auf den Weg. Er brauchte heute unbedingt Einnahmen. Deren Höhe war für ihn der Maßstab für eine bessere Zukunft. Er wollte ein Gespräch mit seinem Zwischenhändler und Ziehvater suchen. Dafür braucht er Zeichen des Erfolgs.

Amissah Nkrumah hatte mit seinen fünfzehn Jahren schon ein bewegtes Leben hinter sich. Er stammte aus dem armen Norden Ghanas. Seine Eltern betrieben im Dorf Nabari eine kleine Landwirtschaft. Die war nur mit drastischen Maßnahmen zu halten gewesen. Schon einmal war er für vier Jahre zur Fremdarbeit fortgegeben worden. Der Mann, der vorbeikam, hatte versprochen: »Wenn du so lange für mich arbeitest, bekommen deine Eltern von mir eine Kuh.« Es wurde eine harte Zeit. Amissah bekam nur zweimal am Tag sehr wenig zu essen und wurde für jeden Fehler geschlagen.

Dann wurde alles noch schlimmer: Zwei Jahre schon herrschte absolute Trockenheit, und für Amissah trat eine große Veränderung ein. Mittags hatten sie über 40 Grad Hitze. Verdorrte Büsche und sonnenverbranntes Gras gaben ihren drei Ziegen nicht mehr genug Nahrung. Die mussten notgeschlachtet werden. Eine Kuh brauchten sie auch nicht mehr. Die Felder der Nkrumahs lagen mittlerweile brach.

In dieser Notlage nahmen seine Eltern das Angebot eines Händlers aus Accra an, ihren Sohn als Gehilfen mitzunehmen. Sie empfanden es als Segen, sich nur noch selbst durchbringen zu müssen. Wie das gehen sollte, war ihnen allerdings nicht klar. Hier im Norden wurden solche Vereinbarungen vielfach getroffen, zumindest, wenn es nicht mehr gelang, alle Mäuler des Haushalts zu stopfen. Sie waren der allerletzte Ausweg, denn eigentlich war der Zusammenhalt der Familie das Wichtigste. Das war in ganz Ghana ehernes Gesetz.

Die Eltern trösteten sich damit, dass der Händler einen guten Eindruck auf sie machte. Als er den Jungen mit sich nahm, sprach Amissah nur die örtliche Sprache Mampruli.

Die Amtssprache Englisch lernte er, wie vieles andere, erst in Accra. Koyo Anane wurde ihm ein gestrenger Ziehvater. In den ersten vier Jahren musste Amissah als Straßenkind leben und ausschließlich für Koyo Wertgüter auf der Deponie suchen. Der Händler bezahlte ihn knauserig, aber so, dass der Knabe bei Kräften blieb, denn er hatte noch einiges mit ihm vor. Amissah sollte nach einer Bewährungszeit von ihm in der Werkstatt angelernt werden, defekte Geräte von der Deponie zu reparieren. Koyo lebte allein und brauchte eine Stütze für das Alter. »Man muss ganz unten sein, um nach oben zu kommen«, machte er Amissah als Anreiz klar. Bei dem fruchtete das. Der Junge verspürte eine große Gier nach besserem Leben in sich. Er wollte um jeden Preis aufsteigen!

Toxic City war mit seinen Giften nicht die einzige Umweltgefahr in der Hauptstadt. Ghana setzt auch noch auf die Kernenergie, die andernorts längst infrage gestellt wurde.

Atomkraft war seit Tschernobyl und Fukushima in Verruf geraten. Eigentlich hätte man genügend Sonne für Solarenergie gehabt. Aber in Afrika lieferten nur kleine Solarpanels Strom für den Hausgebrauch. Handy aufladen war dadurch wenigstens beim Viehzüchten in der Einöde kein Problem mehr. Die großflächige Versorgung mit Elektrizität blieb allerdings nicht nur in Ghana eine ungelöste Herausforderung. Ein veraltetes Stromnetz und marode Kraftwerke führten dauernd zum Stromausfall.

In den letzten Jahren gingen die Menschen mehrfach auf die Straße. »Es muss besser werden«, »Atomkraft ist sauber«, wurde propagiert. Schon die erste unabhängige Regierung unter Präsident Kwame Nkrumah buhlte um einen Forschungsreaktor aus Russland. Doch die eifrig aufgebauten Reaktorgebäude und Kühltürme blieben bis zum Regierungswechsel ungenutzt. Spätere Regierungen verfielen dem gleichen Traum, und aus China kam schließlich ein kleiner Testreaktor, der inzwischen schon 20 Jahre lief.

Benjamin Nyarko, Direktor der Atomkommission Ghanas, hielt Kernkraft für sicher. Dem Kernwissenschaftler Henry Cecil Odoi machte höchstens ein Terroranschlag von Boko Haram Angst. »Wenn man waffenfähiges Uran hat, ist man natürlich ein Ziel.« Als würde das für eine Abkehr von der Kernenergie nicht genügen! Aber die Atomkommission baute unentwegt an einem Schulungscenter weiter, das als maßstabgetreues Modell den angedachten Reaktortyp abbildete. Noch wartete man auf die Brennstäbe aus China aus nicht waffenfähigem Uran. Ghana wollte unbedingt ein Industrieland werden. Die Atompolitik hatte sich in der Bevölkerung noch nicht weit rumgesprochen, aber im Umfeld des

Schulungscenters war das Wort »Atom« sehr präsent: Es gab eine *Atomic-Apotheke* und eine atomare Bushaltestelle, eine Protonenschreinerei, die *Atomic Road* und den Neutronenzubringer. Die richtig große Gefahr ließ, Gott sei gedankt, noch auf sich warten: Frühestens 2029 sollte Atomstrom aus der Steckdose kommen.

Auch Ghana wurde im Jahre 2020 von der Pandemie nicht verschont. Seine 31 Millionen Bürger litten unter dem unsichtbaren Feind Covid-19. Nachdem im März die ersten zwei Erkrankungsfälle eingetreten waren, hatte die Regierung einen teilweisen Lockdown verordnet, mit harten Hygieneregeln und einer Ausgangssperre. Die wurde am 30. März in Kraft gesetzt und schon am 22. April wieder aufgehoben. Die Landesgrenzen auf dem Luft-, Land- und Seeweg wurden zwischenzeitlich geschlossen. Viele Menschen wurden arbeitslos, andere mussten im *Home-Office* arbeiten. Die Müllmenschen auf den Deponien litten besonders. Sie wurden von staatlichen Hilfen nicht erreicht. Ihr Arbeitsplatz und ihr Zuhause machten es unmöglich, den Hygieneregeln Folge zu leisten. Sie hatten keine finanziellen Reserven und durch die unterbrochenen Lieferketten wurden Nahrungsmittel knapp und bis über zehn Prozent teurer. Die menschenleeren Straßen in der Hauptstadt Accra waren ein ungewohntes Bild.

Hilfsmaßnahmen setzten ein: Im Gleichklang mit dem Satz des Außenministers der Bundesrepublik Deutschland: *Der Virus kennt keine Grenzen* wurden von internationalen Partnern Hilfsprogramme in Gang gesetzt, Schulden erlassen oder wenigstens zusätzliche Kredite gewährt. Ghana gehörte zu den Empfängerländern. Das Land stand schließlich auf dem *Human Development Index* nur auf Rang 142. Nach drei Wochen mit harten Restriktionen zeigte sich ein erster Erfolg. Mit dazu trug der Umstand bei, dass die Bevölkerung jung war. Nur 3,1 Prozent der Bürger waren über fünfundsechzig Jahre alt und zählten damit zur besonderen Risikogruppe.

Auch zeitigte das schnelle Durchgreifen der Regierung Früchte. Eine

Isolationseinrichtung mit Krankenbetten zur Behandlung von Corona-Infizierten wurde innerhalb von sechs Wochen fertiggestellt. Eine sorgenfreie Rückkehr in die Zeit vor Corona trat jedoch nicht ein. Die Bevölkerung hatte Angst vor Rückschlägen, wie sie anderenorts bereits eingetreten waren. Sie verspürte instinktiv, dass man in gefährlichen Zeiten lebte. Vorsicht blieb deshalb geboten und verordnet.

Im Jahre 2019 betrug die Staatsverschuldung Ghanas noch 62,8 Prozent des Bruttoinlandsprodukts. Für das Jahr 2021 prognostizierte man eine Schuldenquote von 74,7 Prozent. Darin war der Gesamtstaat abgebildet. Schulden des Zentralstaats, der Länder, der Gemeinden sowie der Sozialversicherung waren enthalten. Die Pandemie hatte die Schulden Ghanas in die Höhe getrieben. Die Volksrepublik China wurde dabei zu einem der wichtigsten Kreditgeber. Die Höhe und besonders die Konditionen der Schulden ließen die Chinesen bewusst im Dunkeln. Es wurde zu Recht gemutmaßt, dass damit Zugang zu den wertvollen Rohstoffen des Landes verknüpft worden waren. Wie von den meisten Staaten Afrikas forderten westliche Finanzinstitutionen auch von Ghana staatliche Entschuldungsbemühungen. Ein Schuldenerlass war für China erkennbar keine Option. Deshalb gingen auch die westlichen Stellen dieses Mal nur zögerlich daran. Die Institute wollten nicht durch unkontrollierten Schuldenerlass unsinnige Investitionen finanzieren, die der Verschwendungssucht afrikanischer Führer dienten und von China bewusst initiiert worden waren. Sie fürchten nicht zu Unrecht, dass die Afrikaner für solche Projekte ihr Tafelsilber fortgegeben hatten. Für sinnvolle Strukturmaßnahmen blieben in Ghana die Mittel jedenfalls knapp.

Die Müllleute vom Schrottplatz *Old Fadama*, besser bekannt unter dem Namen »Agbogbloshie« , führten auch in Corona-Zeiten ein besonderes Leben. Sie lebten in Isolation. Solange die Grenzen des Landes geschlossen waren, nahm der Elektroschrott auf der Deponie weniger zu, denn die Importe von Altgeräten und eingeschleuster Elektroschrott blieben aus.

Langsam steigender Wohlstand und veränderte Konsumgewohnheiten in Ghana führten allerdings zu größeren Mengen an nationalem Elektronik- und Elektroschrott. Ohne amtliches Interesse und ohne Hilfe aus dem Sozialsystem ging in Agbogbloshie der Kampf ums Überleben im Gift weiter.

Der Alltag der beiden Freunde Amissah Nkrumah und Samuel Cherono hatte sich kaum geändert. Sie waren nur mit der Zeit erfahrener geworden. Amissah Nkrumah schleppte immer noch täglich seinen Jutesack für das Sammeln von Wertstoffen herum. Der Sack wurde über den Tag ständig schwerer und musste gegen Abend zum Händler. Bei jedem Sonnenuntergang hoffte Amissah auf mehr Einnahmen als am Tag zuvor. Ohne die konnte er nichts zum Überleben seiner Familie beisteuern. Wenn das eintrat, schämte er sich. Tagsüber räumte er mehrmals Dinge wieder aus dem Sack, um sie durch vermeintlich wertvollere zu ersetzen. Irgendwann musste er dieses Raus und Rein gut sein lassen und sich mit der Ausbeute auf den Weg zum Händler machen. Für das Anheben des schweren Sacks hatte er sich von den Älteren eine kraftsparende Technik abgeguckt: Er ging vor dem aufrechtstehenden Sack in die Knie, ließ ihn kippen und bugsierte ihn dadurch auf die Schulter. Dort ruckelte er ihn so zurecht, dass er nirgendwo drückte. Dann erst stellte er sich wieder senkrecht auf und marschierte los. Das Anheben war so durch Hebelwirkung um vieles leichter und die Schmerzen durch hervorstehende Teile auf der Rückenpartie um vieles geringer. Auf diese Weise schaffte er die erforderlichen Wege ohne zu große Kraftanstrengung und ohne Schmerzen.

Samuel Cherono half beim Sammeln nach Kräften mit. Doch auf dem Weg konnte er mit seinem verkrüppelten Bein nur langsam hinterherhumpeln. Während der Märsche dachte Amissah Nkrumah hasserfüllt über seinen Ziehvater Koyo Anane nach. Der hatte ihm besser bezahlte Arbeit in seiner Reparaturwerkstatt versprochen. Doch das Einlösen des Versprechens schob er immer weiter vor sich her. Er wollte den Ertrag der Werkstatt so lang wie möglich für sich behalten. Der Junge machte sich ständig Gedanken, wie er Koyo Anane zwingen konnte, endlich sein Versprechen zu erfüllen. Amissah hatte dafür an Voodoo gedacht. Diese Naturreligion war unter seinesgleichen immer noch verbreitet. Dabei hatte sich der Glaube mit dem der nun vorherrschenden Religion des Christentums vermischt. Amissah Nkrumah hatte bei dem Priester das Fa-Orakel erfleht, um Aufschluss über seine Situation und seine Möglichkeiten zu erhalten. Der Priester hatte zwei Ketten mit insgesamt 16 Muschelschalen ausgeworfen und aus der Stellung, in der sie zum Liegen kamen, die Zeichen gelesen. 256 Zeichen an der Zahl gab es.

Es musste geklärt werden, ob ein Heilzauber oder ein Schadenszauber zum Ziel führen konnte. Ein Heilzauber schien geeigneter, den Ziehvater zur Milde aufzurufen, um zu erreichen, dass er Amissah in die Reparaturwerkstatt aufnahm.

Ein Schadenszauber hingegen konnte den Meister so schädigen, dass er in der Werkstatt dringend auf die Hilfe von Amissah angewiesen war, selbst aber nicht mehr arbeiten konnte. Das Orakel äußerte sich zu beiden Möglichkeiten.

Der junge Mann erhielt die Anweisung, eine Puppe zu fertigen. Den Namen von Koyo Anane musste er ihr auf den Leib schreiben und einen Stoffstreifen, der Anane gehört hatte, wurde um ihren Hals gewickelt. Der Priester hatte ihm Nadeln mit verschiedenfarbigen Köpfen verkauft und ihn instruiert, welche Farbe er beim Heilzauber verwenden sollte.

Amissah Nkrumah war nun in der Lage, Loas, Geister, anzurufen. Der Priester hatte ihm geraten, mit einem deutlichen Appell an sie zum Ausdruck zu bringen, was er sich von ihnen erhoffte und ihnen zur Bekräftigung, etwas zu opfern, ein wenig Tabak oder einen Schluck Rum. Er hatte diese Zeremonie jedoch bisher vor sich hergeschoben. Ihn hinderte die Angst vor der Unsicherheit, was nach dem Anrufen der Geister geschehen würde. Im schlimmsten Fall, wenn die Loas ungnädig waren, konnte der Zauber sogar auf ihn zurückschlagen. So waren die Puppe und die anderen Utensilien noch sorgsam unter seiner Matte versteckt. Den Appell zu sprechen und die Puppe in der Nähe von Koyo Ananes Reparaturwerkstatt einzugraben, war ihm bisher zu endgültig gewesen. Aber immer wieder, wenn Amissah Nkrumah auf der roten Schotterpiste an den einfachen Reparaturständen vorbeilief und den Eselkarren und schrottreifen Autos in schwüler Wärme auswich, wenn die das

Brauchbare und Reparierte aus dem Elektroschrott zum Verkaufsmarkt brachten, kam ihm der Voodoo-Zauber wieder in den Sinn. Zwischen den giftigen Schwaden der Deponie wollte er nicht mehr leben. Der krebserregende Qualm wehte täglich über ihn hinweg. Er verspürte, wie ihn der allgegenwärtige Müll stetig kränker machte. Amissah Nkrumah sehnte sich danach, zum Waschen endlich nicht mehr auf die vergiftete Brühe angewiesen zu sein, die durch die Deponie lief. Doch für Besseres fehlte ihm immer noch das Geld.

Gegenüber den schlimmen Auswirkungen der unsachgemäßen Behandlung von Elektroschrott tat sich in Ghana trotz aller Finanzprobleme etwas. Die ghanaische Regierung hatte den *Hazardous and Electronic Waste Control and Management Act 2016* (ACT 917) verabschiedet und wollte damit den gesetzlichen Rahmen für ein nachhaltigeres E-Schrott-Management vorweisen, nicht zuletzt, um aus dem Ausland Unterstützung zu erhalten. Die neue Gesetzgebung hatte bis dahin hauptsächlich deklaratorische Wirkung. Zu viel stand ihr entgegen: Korruption, auf den ersten Blick hin kostengünstigere Ausbeutung des Schrotts auf altbewährte Art und Weise und der damit verbundene wirtschaftliche Vorteil sowohl für die Müllverursacher als auch für die Müllverwerter. Schließlich ließ das bisherige Ausbeutungssystem viele Menschen überleben, die ohne diese Arbeit für Unruhe sorgen würden. Dann wurden bei dem *Ministry of Environment, Science, Technology and Innovation*, MESTI, und bei der *Ghana Environmental Protection Agency*, EPA, auch noch Zuständigkeiten geschaffen, um eine erweiterte Hersteller-Verantwortung aufzubauen. Sie sollten, zusammen mit Importeuren, einen im Gesetz vorgesehenen Recyclingfonds speisen. Von den zur Rede stehenden Einzahlern wurde ein elektronisches Verzeichnis gefertigt und gepflegt. Aus dem Fonds finanziert, sollten Netzwerkaktivitäten aufgebaut werden, um zunächst erst mal die technologische und wirtschaftliche Lösung eines Recyclingmodells zu entwickeln und finanziell, sozial und ökologisch nachhaltig tragbar zu gestalten. Schon die Vielzahl der in Angriff genommenen Probleme machte deutlich, dass das Vorhaben nicht über Nacht gelingen konnte. Es bedurfte Zeit, viel Zeit. Aber die Republik Ghana hatte Verbündete. Seit über 30 Jahren war sie ein Partnerland der Deutschen Gesellschaft für Internationale Zusammenarbeit, GIZ. Seit 1983 war GIZ mit einem Büro in Accra vertreten. GIZ hatte nun mit der Landbell Group ein Projekt mit dem Namen *Erprobung von Behandlungslösungen und innovativen Finanzierungsmodellen für problematische Elektroschrottfraktionen* (Kunststoffe, Batterien, Lampen, Displays und PUR-Schäume) ins Leben gerufen. Das Projekt wurde für einen 18-Monats-Zeitraum in drei Entwicklungsländern angedacht. Zu diesen Ländern gehörte Ghana und dort speziell die Deponie Agbogbloshie. Auf der Deponie sollte die sachgerechte Entsorgung der Abfallströme sowie die dafür notwendigen Finanzierungsmodelle entwickelt und erprobt werden. Dabei sollte die Schulung und Beratung von örtlichen Recyclern erfolgen. Die Auszubildenden sollten fair bezahlte Jobs bekommen, und zwar solche im Dienst des Umweltschutzes ohne gesundheitliche Risiken.

Das Vertrauen der auf Agbogbloshie lebenden Menschen konnte nur gewonnen werden, indem man ihren Arbeitsplatz nicht infrage stellte, sondern sicherer machte und verbesserte.

Ihre besonderen Wünsche wurden erfragt, ein Fußballfeld für die Freizeit und eine Gesundheitsstation standen mit an vorderster Stelle. Schon bald wurden auf einem von Elektroschrott befreiten Spielfeld zwei Fußballtore errichtet. Das Angebot wurde angenommen. Auf der Deponie in der Größe von etwa einundzwanzig Fußballfeldern entstand zudem eine Trainingswerkstatt und eine Gesundheitsstation.

Fast dreihundert Müllmenschen wurden in diesen Einrichtungen angestellt und unterrichtet. Geschulte Kräfte begleiteten ihre Arbeit und korrigierten sie. Wenn beispielsweise mit einem schweren Hammer Geräte zerschlagen wurden, um an die wertvollen Stoffe im Inneren zu gelangen, zeigte man als Alternative eine behutsamere Art des Öffnens, bei der keine Eisensplitter durch die Gegend flogen oder Batteriesäure verspritzte. So wurde die Gefahr von Verletzungen erheblich gemindert. In einem zweimonatigen Kurs wurde den ungeschulten Dismantlern (von englisch »dismantle« , demontieren zerlegen) beigebracht, mithilfe von richtigem Werkzeug mit speziellen Handgriffen die Wertgüter aus den Altgeräten auszulösen. Aluminium, Kupfer, Messing, Eisen und sogar Gold kamen zutage, ohne dass Kabel abgefackelt wurden, Gifte in die Umwelt gelangten oder schlimme Verletzungen eintraten. Dass es dazu noch einen sicheren Lohn gab, sprach sich schnell rum. Wenn doch etwas passierte, gab es die Krankenstation. Sogar Menschen ohne Krankenversicherung wurden dort versorgt. Amissah Nkrumah und Samuel Cherono fanden in dem Programm eine Anstellung. Amissah fand dadurch Bestätigung, dass es richtig war, den Voodoo-Zauber nicht gegen seinen Ziehvater Koyo Anane einzusetzen, auf die Gefahr hin, selbst von ihm getroffen zu werden. Die Momentaufnahme der eingeleiteten Innovationen bot Grund für Optimismus. Mit *Chance For Children* wurde ein gemeinnütziger Verein eingerichtet, der eng mit GIZ kooperierte. Er war mit der Unterstützung der Straßenkinder betraut. In einem Tageszentrum bot man den Kindern täglich eine warme Mahlzeit. Eine Mahlzeit kostet in etwa ein Euro pro Kind und Tag. Ab und zu war medizinische, psychologische und pädagogische Betreuung vor Ort. Doch für alles, was getan werden musste, reichte niemals das Geld. Gerade in Europa gab es aber zahlreiche Spendenaufrufe für diesen Verein, der damit warb, dass mehr als 90 Prozent des Spendenaufkommens direkt an die Kinder gehe. Leider konnten solche Projekte aus Geldmangel nicht flächendeckend eingeführt werden. Agbogbloshie blieb eines der wenigen Vorzeigeprojekte.

Europäische Helfer, die sich vor Ort auf diese Entwicklungsarbeit einließen, mussten sich erst an die ghanaische Gelassenheit gewöhnen. Es war für sie ungewohnt, mit den Zufälligkeiten des täglichen Lebens zu kämpfen: Mal fiel der Strom aus, und es konnte nicht weitergearbeitet werden. Manchmal fehlten wichtige Materialien, und man musste improvisieren. Die schlechten Straßen waren ein Hindernis, wenn man Zeitpläne einhalten wollte. Auf jegliche Abweichung vom Plan musste man gefasst sein. Deutsche Pünktlichkeit, Gewissenhaftigkeit und Arbeitsmoral zählten nicht zu den Grundtugenden der Ghanaer. Dafür waren ihre Lebensfreude, ihre Direktheit, Kreativität und Spontanität äußerst liebenswert. Es konnte nicht schaden, sich davon das ein oder andere anzugewöhnen. Auf jeden Fall machte dies das Leben im Lande einfacher. Gelassenheit war das Zauberwort. Das galt auch, wenn man in langen Schlangen warten musste, dass es endlich weiterging. Die Afrikaner hatten ein gutes Sprichwort dafür: *Die Europäer haben die Uhr, wir haben die Zeit.* Die finanzielle Unterstützung sollte jedoch in absehbarer Zeit auslaufen. Dann musste sich erweisen, ob das Modell durch die von allen Teilnehmern getragene Unterstützung am Leben gehalten werden konnte oder ob zu viele Egoismen es scheitern ließen. Die Erfolgswahrscheinlichkeit lag bei 50 Prozent. In Ghana war die Büchse der Pandora lange nicht geschlossen!

Für das Wachstum des realen Bruttoinlandsprodukts Ghanas (BIP) lagen Prognosen bis 2025 vor: 2021 = 4,2 Prozent, 2022 = 4,14 Prozent, 2023 = 7,35 Prozent, 2024 = 4,58 Prozent, 2025 = 4,45 Prozent. Die Ausgangslage 2020 mit 0,93 Prozent war stark von der Pandemie geprägt, aber auch von fallenden und schwankenden Rohstoffpreisen bei den Exportgütern wie Rohöl, für die eine richtige Prognose schwer zu treffen ist.

Das von Deutschland geförderte Projekt für umweltverträgliches Entsorgen und Recycling von Elektroschrott war ausgelaufen und muss nun von Ghana selbst im Zuge der Verbesserung der Infrastruktur fortgeführt werden. Ein nachhaltiges, effizientes Recyclingsystem für die Behandlung und Entsorgung von E-Schrott gab es in Ghana jedenfalls immer noch nicht.

Am Montag den 7. Dezember 2020 fand in Ghana eine Präsidentschaftswahl statt. Der 76-jährige Nana Akufo-Addo wurde für eine vierjährige Amtszeit wiedergewählt, allerdings nur sehr knapp vor seinem Herausforderer John Mahama.

Die Bindungen der Familien zeigte sich bis in die politische Führungsspitze: Die Spitzenkandidaten beider großen Parteien stammten aus Familien, die seit Jahrzehnten erfolgreich politisch aktiv waren. Politik war in Ghana ein Familienbusiness! Akufo-Addos Vater Edward gehörte zu den »Großen Sechs«, die Ghana 1957 in die Unabhängigkeit führten. Sein Konterfei war auf jedem Cedi-Schein zu sehen.

Mahamas Vater war immerhin Staatsminister für die Nordregion gewesen. Besonders westliche Partner Ghanas würdigten schon in der bisherigen Amtszeit Akufo-Addos zähes Ringen für das Programm »*Ghana beyond aid*«. Er wollte Ghana von externer Hilfe unabhängig machen.

Als Vorzeigekandidat unter den afrikanischen Staaten sollte sich sein Heimatland nach seiner Meinung diesem Leitmotiv verpflichten. Es musste sich durch partnerschaftliche Entwicklungszusammenarbeit von der finanziellen Entwicklungshilfe als Armutsreduzierung verabschieden.

Mit Stolz gehörte Ghana nämlich nicht mehr zu den armen Ländern, für die Entwicklungszusammenarbeit allein die Annahme finanzieller Entwicklungshilfe bedeutete.

Ghana verstand sich unter diesem Präsidenten als Partner bei der Bewältigung globaler Herausforderungen wie Klimawandel, Umweltschutz, globale Gesundheit, globale Sicherheit und Ernährungssicherung. Akufo-Addo tat alles dafür, mit unterschiedlichsten Partnern gleichwertig vernetzt zu sein. Seine Ziele waren ambitioniert:

Man wollte sich überwiegend aus einheimischen Ressourcen finanzieren.

Man sollte gemeinsam mit den Partnern Zielkonflikte wie Klimaschutz versus Armutsreduzierung oder Ernährungssicherung unter gesundheitlichen Aspekten lösen.

Man wollte für solche Entwicklungen relevantes Wissen erarbeiten, verbreiten und nutzen. ...

Überlegungen zu Ghanas Fortentwicklung

Der schon gewonnene Status Ghanas war inzwischen wieder in Gefahr: Angesichts der Niedrigzinsen in Europa wurde Afrika für Privatanleger attraktiv. Auch China war zum Partner geworden und hatte sich finanziell engagiert. Es handelte dafür Handelszugeständnisse ein. Ghana ließ sich von vermeintlich günstigen Möglichkeiten locken. Dadurch war die Staatsverschuldung wieder dramatisch angestiegen.

Das Vorzeigeland Ghana gehörte mit einem Mal wieder zu den zehn meistverschuldeten Ländern Afrikas. Die internationalen Schuldner forderten Schuldenabbau oder Schuldenabsicherung.

Bei dem nun fehlenden finanziellen Spielraum Ghanas muss mit Einschnitten bei Infrastrukturmaßnahmen, bei Sozialprogrammen, im Bildungsbereich oder bei der Gesundheitsvorsorge gerechnet werden. Die Geberländer werden nicht mehr bereit sein, Schulden einfach zu erlassen. Sie fürchten, dies dann nämlich zugunsten Chinas zu tun. China hatte immense Forderungen in den Büchern, und die waren durch werthaltige Rechte, bis hin zum »Tafelsilber«, gesichert. China war auch im Warenverkehr überrepräsentiert und zeigte trotzdem keine Bereitschaft, Schulden zu erlassen oder Absicherungen aufzugeben.

Spezialprobleme im Land potenzierten die Gefahr eines Niedergangs: Ein immer noch niedriges Pro-Kopf-Einkommen, kulturelle Gründe und eine ineffektive Strafverfolgung förderten die Korruption.

Viele staatliche Aktivitäten wurden durch sie beschädigt. Das wird für die nächsten Jahre auch so bleiben. Der Korruptionsindex Ghanas sank von 67 im Jahre 2003 bis nur 52 im Jahr 2019. Zum Vergleich: Die Bundesrepublik Deutschland liegt mit 20 auf Rang 9 der Statistik.

Auch das Einsickern von terroristischen oder kriminellen Gruppen aus Burkina Faso gefährdet im Norden regional die Sicherheit. Darüber half nicht einmal das ständig wachsende Netz an Landstraßen hinweg. Erhebliche Straßenschäden, besonders Schlaglöcher und darin havarierte Fahrzeuge führten zu vielen Unfällen und verhinderten oftmals einen schnellen Gegenschlag.

In den Provinzen Northern Region, North-East, Savannah Region, Upper West and Upper East hatte man es mit einer gemischten Sicherheitslage zu tun. Gewalttätige Auseinandersetzungen unterschiedlicher Bevölkerungsgruppen fanden des Öfteren statt. In Accra und anderen großen Städten kam es zu Protesten und Demonstrationen. Sie verliefen zwar friedlich und organisiert, beeinflussten aber den Ablauf des Wirtschaftslebens erheblich.

Diese Tatbestände werden noch länger in Summe ein Handikap für die Gesundung des Staats bleiben und gefährden die angestrebten Ziele. Zudem steht immer noch aus, dass endlich diejenigen »Freunde« einmal ehrlich geben, die bis heute hauptsächlich nehmen.

Samuel Cherono und Amissah Nkrumah hatten zwar ihre Anstellung im Projekt verloren. Bis dato führte die Regierung die Einrichtungen allerdings fort. Auf das, was mit der Deponie Agbogbloshie geschieht, schaut die Welt. Aber das Engagement betrifft nur weitere Beschickungen der Halde. Die Altdeponie qualmt vor sich hin und wird auch immer noch ausgebeutet. Ein Rückbau ist für das Land technisch nicht realisierbar und nicht bezahlbar.

Die Sondermülldeponie Kölliken in der Schweiz hatte gezeigt, wie aufwendig es ist, ein solches Mahnmal von der Bildfläche verschwinden zu lassen. Zunächst hatte man über 600.000 Tonnen Giftstoffe in der ehemaligen Tongrube verfüllt. Ein Gutachterkreis hatte bescheinigt, die Grube halte danach dicht und der Giftmüll würde das Grundwasser nicht verunreinigen. Man bestätigte die Möglichkeit, dort Schadstoffe aus Industrie und Gewerbe geordnet ablagern zu können. Doch alles kam anders. Zunächst klagte die Bevölkerung über Geruchsbelästigung. Dann zeigte das austretende Sickerwasser einen besorgniserregenden Belastungsgrad. In Trockenperioden setzte sich Staub ab, und auch der war kontaminiert. Als die Grube erst zu zwei Drittel gefüllt war, beschloss man, sie zu schließen. Die Rücklage *für Folgekosten reichte bei Weitem nicht mehr. Zunächst installierte man Sonden, die Gasansammlungen erfassten und in Spezialöfen verbrannten. Dann wurden überall Abdeckungen und Dränagen angebracht, wo Regenwasser für Erosion sorgen konnte. Pumpbrunnen wurden als Barriere errichtet, um kontaminiertes Sickerwasser vom Grundwasser fernzuhalten. Das Doppelte der Rücklage war schon nach einem Jahr aufgebraucht, und die Maßnahmen führten zu keiner Beruhigung. Nachbesserungsarbeiten gingen Jahr für Jahr ins Geld. In letzter Konsequenz blieb als Alternative nur der totale Rückbau der Deponie. Eine solche Maßnahme hatte es in der Schweiz noch nie gegeben. Der Aushub wurde zunächst in gesicherten Lagerhallen zwischengelagert.*

Die Abbaumenge mehrerer Tage wurde in Sicherheitscontainern unter höchster Sicherheitsstufe zum Abtransport bereitgehalten. Baggerführer und Sanierungsexperten arbeiteten in Fahrzeugen mit luftdichten, gepanzerten Kabinen. Der endgültige Rückbau kostete in etwa eine Milliarde Schweizer Franken. Die vom Konsortium gebildete Rücklage hatte nur zwei Millionen Schweizer Franken betragen! Anstatt eines Mahnmals hatte man nun ein Vorzeigeprojekt. Das war aber für die viel größere Deponie in Accra nicht geeignet.

Noch einige Informationen über Ghana sollen Auskunft geben über das vorhandene Potenzial des Landes: Die World Values Survey ist eine seit 1981 in regelmäßigen Abständen von Soziologen durchgeführte Befragung von bis heute fast 400.000 Menschen aus knapp 100 Ländern zu ihren Einstellungen und Werten und ihren Auswirkungen auf das soziale und politische Leben. Zu diesen Ländern gehört auch Ghana. Schon zwischen 2010 und 2014 wurden folgende signifikante Eigenarten seiner Einwohner festgemacht:

Familie und Arbeit sind ihnen am wichtigsten.

Gott spielt für sie eine große Rolle.

Die Rollenverteilung zwischen Mann und Frau hat eine patriarchalische Prägung.

Kinder werden zu Fleiß, Gehorsam, Religiosität, aber auch Toleranz erzogen.

Ghanesen hegen einen großen Nationalstolz und sind skeptisch, wenn nicht gar misstrauisch, gegenüber Fremden.
Menschen, die so »ticken«, sind nicht die schlechtesten!

»Ashesi« kommt aus dem Twi, einer der in Ghana gebräuchlichen Sprachen, und bedeutet »Anfang«.
Man steht in Ghana in vielem noch am Anfang.
Aber es ist zu verspüren, dass man etwas anpacken will.
Unter dem Namen »Ashesi« wurde das Ashesi University College gegründet, und zwar mit dem Ziel, für Afrika Führungskräfte heranzuziehen. »Du wirst, wer du bist, indem du es übst«, galt unter anderem als Motto. Die westlichen Länder sollten diesen Weg respektieren und mit den Worten eines Philosophen richtig einordnen:

Unsinnig stolz wäre die Anmaßung, dass die Bewohner aller Weltteile Europäer sein müssten, um glücklich zu leben. (Johann Gottfried Herder)

Das Schwellenland China und der Elektroschrott

Guiyu

Man schrieb das Jahr 2014. In der chinesischen Provinz Guangdong hatte man Guiyu als Zusammenschluss von vier aneinandergrenzenden Dörfern gegründet. Im Bereich des so entstandenen Stadtgebietes lag eine Elektronikschrottdeponie gleichen Namens. Der meiste Schrott darauf kam aus den USA und den anderen reichen Industrienationen des Westens. Der Schrottanfall Chinas war damals noch recht bescheiden. In den westlichen Ländern dachte man bei der Schrottverschickung nur an die Einsparungen im Vergleich zu einer Entsorgung in den eigenen Ländern. Niemanden der Verantwortlichen kümmerte es, wie der Müll in China deponiert wurde und ob die Sammler in ihm auf Dauer überleben konnten. Dabei wussten alle, wie giftig die Deponie für die Menschen war, wenn sie dort ohne vernünftige Ausrüstung ihrer Arbeit nachgingen. Die Müllmenschen hatten aber keine Alternative. Für sie bot die Deponie den einzigen Arbeitsplatz. Mit dem Sammeln von Wertstoffen ging es ums schlichte Überleben.

Laut Untersuchungen der nahe gelegenen Shantou-Universität setzte die Deponie weltweit die höchste Anzahl an krebserregenden Dioxinen frei, und das weitere Umfeld zeigte eine dramatisch erhöhte Rate von Fehlgeburten.

Über die Jahre hin hatte sich die Gesetzgebung zwar verschärft. Die sachgerechte Verschrottung von Altgeräten wurde per Dekret zur Pflicht, der Import von Elektroschrott aus den Industrieländern sogar gesetzlich verboten, doch die Realitäten änderten sich kaum. Der Schmuggel des giftigen Übels ins Land boomte und ersetzte die offizielle Einfuhr. Die Behörden sahen einfach weg.

Die verordneten Umweltauflagen im Müllmanagement waren zu teuer. Sie waren im Vergleich zur illegalen Entsorgung und Verwertung des Schrotts nicht konkurrenzfähig. Mit der alten Methode konnte man, kurzfristig betrachtet, gut verdienen, wenn man nicht gerade zu den armen Müllmenschen gehörte. Millionen Tonnen E-Waste wurden nun illegal aus Europa, den USA oder Japan nach China geschafft. Zumeist wurden sie über Hongkong oder Vietnam ins Land geschmuggelt. Mit krummen Tricks erschlich man sich die staatliche Erlaubnis: So kennzeichnete man beispielsweise Einfuhren aus Vietnam als Gebrauchsware für den Reimport. Reparierte Stücke gingen wieder nach Vietnam zurück. Der Restmüll mit all seinen toxischen Inhalten blieb aber in China. Eine beliebte Täuschung der Zollbehörde beim Schmuggeln ins Land war, Elektroschrott unter mehreren Kubikmetern Stahlschrott zu verbergen. Dessen Einfuhr war erlaubt. Auf diese Weise kam der gesamte Inhalt des Containers unbeanstandet ins Land. Schließlich konnten Container nur stichprobenweise geprüft werden.

Guiyu liegt an der Südchinesischen Meeresküste und trägt den Spitznamen »Hauptstadt des Elektroschrotts« oder *electronic graveyard*. Die Großgemeinde des Stadtbezirks Chaoyang ist Teil der bezirksfreien Stadt Shantou. Südchina hat heiße Sommer und kurze milde Winter. Im Jahre 2005 waren noch rund 60.000 Menschen auf der Deponie beschäftigt. Sie arbeiteten im Durchschnitt täglich sechzehn Stunden. Rund hundert LKW-Ladungen Schrott pro Tag wurden der Verwertung zugeführt. Erholungspausen konnten sich die illegalen Sammler nicht leisten. Jede Arbeitsunterbrechung bedeutete Einnahmenverlust. Sie verdienten sowieso höchstens 1,50 US-Dollar am Tag. Das war zu viel, um zu sterben und kaum genug, um zu überleben. Schon im Morgengrauen sah man überall auf der Deponie die Schattenrisse der Sammler und Verwerter gegen die Sonne oder die Flammen, in denen Plastikummantelungen kokelten. Der Arbeitstag für einen Müllmann fing in der Dämmerung an und endete in ihr.

Viele Arbeiter waren aus anderen Provinzen zugereist, in der Hoffnung, in Guiyu, dem Ort der Verheißung, endlich den Lebensunterhalt sorgenfrei verdienen zu können. In den letzten Jahrzehnten hat China einen Boom an Urbanisierung erlebt. Dieser war so groß, dass man von einer Landflucht sprach. Schnell mussten die Menschen aber erkennen, dass sie in eine Stadt gekommen waren, in der man das Wasser nicht trinken und die Luft kaum atmen konnte. Besonders im Winter litt man unter der Luftverschmutzung. Die Giftglocke konnte nicht abziehen. Die Kälte drückte sie nach unten. Sie waren an einem Ort gestrandet, an dem ihr Blut mit Blei vergiftet wurde. Es gab trotzdem kein Zurück für sie. In den Materialien, die auf der Deponie gelagert wurden, lagen die Bleiwerte über dem Doppelten der in Europa zulässigen Grenzwerte. Niemand scherte sich an diesem Zustand. Etwa 80 Prozent der Sammler litten unter Bleivergiftung und deren Folgen. Der Vergiftungsgrad im Blut war über die Hälfte höher als in den umliegenden Orten, aber selbst dort noch bedenklich. Die primitiven Recyclingmethoden seit Anbeginn der Deponie hatten sich kaum geändert. Obwohl schon im Jahr 2001 Berichte und ein Dokumentarfilm mit dem Titel *Exporting Harm: The High-Tech Trashing of Asia* die schlimme Lage deutlich angeprangert hatten. Hoch korrosive Säurebäder, mit denen die Sammler Gold aus Geräten extrahierten, flossen ungehindert ins Erdreich. Mit der toxischen Brühe kamen die Arbeiter in Berührung und wurden an ihren Gliedmaßen verätzt. Vergiftete Asche und Plastikmüll flossen in Rinnsalen bis in die Flüsse und durch sie ins Meer. Das giftige Wasser mit seinen schlimmen Inhaltsstoffen rieselte auch in die nahen Reisfelder, überflutete sie und drang in die Pflanzen. Der Fluss Lianjiang war mittlerweile total mit polychloriertem Biphenylen (PCB) verunreinigt. Die verseuchten Flüsse und Bäche waren in zumutbarer Nähe die einzigen Trinkwasserquellen der Menschen. Das Wasser, auch das Grundwasser, waren längst so stark verschmutzt, dass sich als Leben rettendes Geschäftsmodell durchgesetzt hatte, aus den 60 Kilometer entfernten Bergen frisches Trinkwasser herbeizuholen und zu verkaufen. Diese ausweglose Lage sollte sich nur langsam ändern. Die chinesische Zentralregierung erließ Gesetze zunächst nur auf dem Papier.

Griff sie irgendwann doch ein, so wurden sofort Umgehungsmöglichkeiten gesucht und gefunden.

Der chinesische Autor Chen Qiufan veröffentlichte im Jahr 2013 den Science-Fiction-Roman »Die Siliziuminsel«. Viele der von Chen geschilderten Gräuel gab es real auch in Guiyu. Im selben Jahr begannen allerdings die örtlichen Behörden mit dem Bau eines geordneten Industrieparks. Er sollte ein Pilotprojekt werden. Die Ablage des Schrotts wurde genau reglementiert und in Hallen organisiert. Luft- und Wasseraufbereitungsanlagen sollten in der nächsten Baustufe in Betrieb gehen. Man beabsichtigte, ernsthaft gegen die bisherigen Umweltsünden anzukämpfen. Die Bemühungen gingen jedoch nur langsam voran. Und die Überreste der alten Deponie verschwanden mit ihnen nicht. Darauf legten die Behörden kein Augenmerk. Die Natur vergab die Sünden nicht so gütig, wie Gott es tat. Bald schon fuhr man aber wenigstens in besserer Luft und ohne Gestank durch die Gegend.

... Inzwischen war es taghell geworden. Aus dem Gewimmel der gesichtslosen Müllmenschen hob ein Sonnenstrahl den jungen Arbeiter Yan Li hervor. Die Art, wie er seine nussbraunen Augen zusammenkniff, hatte nichts mit dem Sonnenlicht zu tun, die waren vielmehr von den giftigen Dämpfen der Deponie an den Rändern gerötet und im Ganzen geschädigt. Neben ihm stand sein Freund Qiufan Baoquan. Der hatte Schwierigkeiten, Buchstaben richtig sortiert auszuspucken, wenn er etwas sagen wollte. Er war Stotterer und wurde von den anderen oftmals gehänselt. Bei Yan Li hatte er Mitleid gefunden. Der nahm ihn unter seine Fittiche und Qiufan dankte es ihm mit treuer Gefolgschaft. Für Yan Li hätte er sein einziges Hemd hergegeben. Wenn andere dazukamen, blieb Qiufan Baoquan stumm wie ein Fisch und ließ Yan Li alles regeln. Er fand diese Aufgabenteilung inzwischen recht bequem. Auch heute arbeiteten sie still und emsig nebeneinander. Der Geruch von Säure und brennendem Abfall schwängerte die Luft. Die beiden jungen Männer scherten sich nicht darum und arbeiteten im Eiltempo. Es sollte heute heiß werden, bis es so weit war, wollten sie ein Großteil ihres Tagespensums erledigt haben.

Wenn sie dies nicht schafften und kein Geld hereinkam, mussten sie Nahrungsmittel stehlen. Das war die weitaus schlechtere Variante. Wenn sie dabei erwischt wurden, ging es um ihr Leben. Für Mundraub wurde man von dem wütenden Mob durchaus totgeschlagen. Ein Menschenleben war hier nicht viel wert. Ihre knappe Entlohnung bewies die geringe Wertschätzung. Bald zeigte das Thermometer 33 Grad. Der Schweiß rann in Strömen über die nackten Oberkörper und entzog ihnen das Wasser. Sie hatten nichts zu trinken dabei und wussten, dass bald Krämpfe einsetzen würden. Aber noch machten sie unbeirrt weiter. Vor Yan Lis Augen trat eine Fata Morgana, eine vor Kälte beschlagene Coladose. Für einen Moment fühlte er, wie ihm das Wasser im Mund zusammenlief. Doch auch das blieb nur Labsal für einen kurzen Moment. Er arbeitete weiter, ohne zu denken. In der Haupthitze der Mittagszeit setzten sie sich nieder und sortierten die freigelegten Wertstoffe in ihre gemeinsame Plastiktüte. Sie arbeiteten zusammen und teilten auch die Einnahmen brüderlich zu gleichen Teilen. Dieses Verhalten war Bestandteil ihrer Freundschaft. Dieser Teil der Arbeit brachte ihnen ein wenig Erholung. Als ein Mann mit einer großen Wasserflasche unter dem Arm an ihnen vorbeihumpelte, dachte Yan Li für einen Moment daran, ein Teil der gefundenen Wertstoffe gegen einen gehörigen Schluck aus der Flasche einzutauschen. Der Mann war schmutzig. Selbst das Weiße in seinen Augen war fleckig. Seine Augen tränten. Die Tränen liefen mit Schleimfäden aus seiner Nase zusammen, die ständig Auswurf produzierte, um die Rückstände der giftigen Dämpfe abzustoßen. So wollte Yan Li nicht werden und auch nicht mit ihm das Wasser teilen. Außerdem brauchten sie die Wertstoffe, denn sie brauchten am Abend Geld. Die Dämmerung des Abends erreichten sie völlig erschöpft, sie hatten durchgehalten. Selbst Krämpfe hatten sie klaglos erduldet. Die Ausbeute des Tages war nicht schlecht. Die beiden jungen Männer konnten ihre zu erwartende Entlohnung inzwischen recht gut einschätzen.

Der Händler würde ihnen auf jeden Fall 1,50 Dollar pro Mann geben. Und das war die Norm für ein Tagwerk. Sie hatten also ihren Zielwert erreicht und machten sich auf den Weg zu seinem Geschäft. Trotz der Hitze war der schmale Pfad durch die Deponie nicht abgetrocknet, sondern rutschig. Dafür sorgten die klebrigen, abgeflämmten Plastikteile und das kleine Rinnsal, das durch das Gelände rieselte. Mit ihren Flip-Flops an den Füßen mussten sie aufpassen. Sie konnten leicht hinfallen und sich an den scharfen Kanten der Schrottstücke verletzen. Den damit verbundenen Arbeitsausfall wollten sie unbedingt vermeiden. Sie liefen mit den Säcken auf den Schultern ins Abendrot.

Die untergehende Sonne tauchte den Schrottberg bis zum Horizont in Gold. Doch es war nur eine kurzzeitige Täuschung, die den giftigen Schrott und die aus ihm strömenden Dämpfe und Rauchschwaden als Schatz erscheinen ließen. Es blieb alles beim Alten, auf der Deponie herrschte weiter der schleichende Tod. Manchmal war die Sicht in einer Espressotasse besser als auf den Müllbergen.

In der Nähe verlief eine Schnellstraße. Sie war ungewöhnlich breit und schnurgerade in die Landschaft asphaltiert.

Riesenlaster fuhren an manchen Tageszeiten fast Stoßstange an Stoßstange über die Teerdecke. Wenn dann ein alter Mann versuchte, die Straße mit seinem Karren zu überqueren, um Schrott zu sammeln, wurde das schnell zu einem Spiel mit dem Tod. Gerade die Alten konnten die Geschwindigkeit der PS-strotzenden Riesen nicht einschätzen und machten sich, wenn sie eine Lücke für groß genug hielten, humpelnd, viel zu langsam, auf den Weg. Der Laster konnte mit seinen meist zu schwachen Bremsen nicht früh genug stoppen und überfuhr den Unglücklichen. Bei dem Dröhnen der starken Motoren bekam der Fahrer nicht einmal das hässliche Geräusch mit, wenn ein solch armer Kerl an den Bug seines Wagens klatschte. Er wäre sowieso einfach weitergefahren, denn er wusste genau, wenn er ausstieg, um zu helfen, wäre er in Sekunden von einer wutschäumenden Menschentraube umringt, die nichts anderes vorhatte, als den Mörder ihres Kameraden zu lynchen. Yan Li hatte bei einem solchen Unglück den ersten Toten in seinem Leben gesehen. Der furchtbare Moment war ihm unter die Haut gegangen. Er bekam das schreckliche Bild niemals ganz aus dem Sinn.

Die schlimme Szene wiederholte sich sogar in seinen Träumen. Fast jeden Abend, am Ende eines harten Arbeitstages auf der Deponie, ging er mit seinem Freund an den Rand der Schnellstraße und schaute gegen das Abendrot ängstlich prüfend die andere Straßenseite ab. Das Schicksal hatte ihm bisher ein weiteres Unglück erspart. Aber immer, wenn er auf der anderen Straßenseite einen Alten mit einem Karren entlangzuckeln sah, trat ihm der Angstschweiß auf den Rücken. In der Lücke zwischen den Wolken, die am Kohlestaub geschwängerten Himmel trieben, konnte er von Zeit zu Zeit den Mond sehen. Umso besser er zu sehen war, desto günstiger stand der Wind. Dann trieb er die Giftdämpfe von ihnen fort. In solchen Momenten ließ es sich auf der Deponie fast aushalten. Yan Li stoppte seine traurigen Gedanken, sie mussten los. Die letzten tausend Meter bis zur Hütte des Händlers Ming Wong würden noch einmal schwer werden. Bei ihm würden ihre Sammelsäcke endlich ihr Gewicht verlieren und ihre Geldbeutel etwas voller werden. Der Gedanke an das Ende der Last des Tages beflügelte ihre Schritte. Ming Wong konnte den Wert ihrer Arbeit noch besser einschätzen als sie selbst. Der feilschte nicht, er lobte nicht, er zahlte ohne nähere Überprüfung für beide die erwarteten drei Dollar aus und nickte ihnen stumm zu. Alle Beteiligten waren zufrieden. Yan Li schaute in den Himmel. Er verspürte einen Wetterumschwung im Anmarsch. Ein Windstoß kam auf. Sein Beben in der Luft umhüllte die ersten Regentropfen. Auf seinen bloßen Armen fühlte er eine leichte Abkühlung, und die Luft wurde besser. Das machte ihn zufrieden. So wenig brauchte er dafür. Auf dem Weg zu ihrem kleinen zusammengeschusterten Unterschlupf kauften die beiden müden jungen Männer etwas für das Abendbrot und auch für das Frühstück am nächsten Tag. Auf dem Heimweg nahmen sie schon gierig erste Schlucke aus der Wasserflasche.

Sie gingen mit den Nahrungsmitteln und dem Geld knauserig um. Sie wussten aus Erfahrung, wie schnell wieder schlechtere Tage kommen konnten. Dafür hatte sich schon des Öfteren eine Reserve bewährt. In ihrem höhlenartigen Zuhause richteten sie sich in den wenigen Habseligkeiten für die Nacht ein. Es würde kälter werden. Beide hatten mehrere Säcke als Decke, kleine Kopfkissen und eine Unterlage, welche die Unebenheiten des Erdbodens etwas ausglich. Die Essstäbchen und die Messer trugen sie, wie den Geldbeutel, immer am Leib. Friedlich nahmen sie bei offener Tür ihr Abendbrot ein.

Danach wollten sie nur noch ausruhen und durchschlafen bis zum nächsten Morgen. So verlangte es die Regie ihres trostlosen Lebens. Am nächsten Tag würde der Trott von Neuem beginnen, freudlos, hart und ungesund.

Pekings Vorort Dongxiaokou

Im Jahre 2009 roch man Dongxiaokou, schon lange bevor man den Vorort von Peking erreichte. Es war meist ein süßlicher Geruch, der über den Häusern und Werkshöfen des Viertels lag. Hier stapelten sich Altpapier, Elektroschrott und Plastikflaschen, meist aus dem Bauch der Millionenmetropole selbst. Die Siedlung zog sich an einer schmalen Schotterstraße entlang und war das heimliche Verwertungszentrum für den Müll der Stadt und eine der vielen städtischen Dörfer, die Wanderarbeitern, welche die Stadt als Hilfskräfte dringend brauchte, ein Zuhause gegeben hatten und zumindest ein bescheidenes offizielles Grundverwaltungssystem vorwiesen.

Die Hauptstädter befassten sich mit deren schmutzigen und gefährlichen, illegalen Arbeit nicht. Dafür waren aus dem ganzen Land die Ärmsten der Armen zugezogen, hauptsächlich aus der zentralchinesischen Provinz Henan. Inmitten von Fernsehgeräten, Computern, Mikrowellen, Kühlschränken, Heizungen und Klimaanlagen zerlegten die Menschen den Schrott in Einzelteile oder reparierten geeignete Geräte und sorgten mit ihrer illegalen Arbeit dafür, dass die Metropole nicht im Müll versank.

Landesweit wurde die Zahl der Elektroschrottarbeiter auf über 400.000 geschätzt. Hunderte Familien von ihnen lebten allein von dem, was die Pekinger Konsumgesellschaft wegwarf.

Oftmals hausten sie zu mehr als sechs Personen in kleinsten Hütten entlang der Deponie. Es gab kein fließendes Wasser, man wusch sich mit Brauchwasser aus dem Eimer. Sie kannten keinen Gesundheitsschutz und dachten auch nicht an Umweltschutz. Es ging nur darum, ihre Familien zu ernähren.

In den Gebieten, aus denen diese Menschen kamen, war Grund und Boden kollektives Eigentum gewesen. Das hatte auch anfänglich für den Grund und Boden vor den Städten gegolten. Doch im Zuge der rapiden Urbanisierung war das Land zu städtischem Boden geworden. An ihm gab es kein Eigentum, sondern nur Nutzungsrecht, was die Regierung großzügig gewährte. Wie zwanzig Millionen Menschen in China insgesamt lebten die Müllmenschen am Rande der Müllberge von Dongxiaokou und verrichteten ihre gesundheitsgefährdende Knochenarbeit verbotenerweise direkt vor der Haustür. Familie Zhang war ein beredtes Beispiel dafür. Ihre Arbeit war zwar schon länger gesetzlich verboten, aber die Regierung von Peking duldete sie, denn sie fand keinen besseren Weg, dem Müllaufkommen der Hauptstadt Herr zu werden und die enormen Schrottberge zu beseitigen.

Wollte sie das Recycling durch lizenzierte Fachfirmen regeln, müsste sie den arbeitslos werdenden Sammlern eine Perspektive geben, sonst drohten Unruhen im gesamten Land.

Diese Menschen waren, bis auf Weiteres, an die Deponie gebunden, und sie blieben dort unter ihresgleichen. Schon das Sprachwirrwarr machte das notwendig. 70 Prozent aller Chinesen sprachen Mandarin, Putonghua, das Hochchinesisch. Die übrigen Menschen beherrschten nur Minderheitssprachen wie Yue, Minnan, Minbei und Wu. Die Sprachenvielfalt sorgte für Abkapselung.

Besonders der Bewegungsradius der Kinder war klein. Er reichte bis an den Rand der Deponie, dort spielten die Kleinen mit Flaschendeckeln aus Plastik, am liebsten mit roten. Sie liefen den lieben langen Tag barfuß herum. Meist hatten sie kein Hemd an und trugen nur eine kurze Shorts. Ihre mit Hornhaut bedeckten Fußsohlen waren regelrecht kugelsicher. Auf der anderen Seite ging ihr Reich bis zum Rand der Schotterstraße, es war ihnen mit Androhung von Prügel verboten, einen Fuß auf die Straße zu setzen. Die Lastwagen und Motorräder waren nach Meinung ihrer Mütter viel zu gefährlich und schnell. Wenn es Zeit wurde, gingen die Kinder wieder zurück bis zur Hütte. Dorthin zu gehen, vermieden die Kinder Zhang, solange es eben ging. Dort war die Kontrolle durch Großmutter kaum auszuhalten. Sie war die Einzige in der Familie, die einen Mundschutz trug. Die giftigen Dämpfe hatten ihre Bronchien und Lunge bereits schwer geschädigt. Die Haut an ihren Händen wirkte schuppig, reptilartig. Das Gift in den Schrotthalden hatte seine Spuren hinterlassen. Das Gesicht der Alten war oft fest an die trübe Scheibe des Hüttenfensters gedrückt, wenn sie nach den Enkeln Ausschau hielt. Je nach Lage der Dinge tadelte sie sie mit keifender Stimme. Großmutter war aber auch oft müde und wirkte grantig, wenn die hellen Kinderstimmen sie aus dem Schlummer rissen. Am Großvater hatte Großmutter schon länger keine Stütze mehr. Er war Anfang des vergangenen Jahres über Nacht still an einem Herzinfarkt verstorben. Er hatte davor schon fast ein Jahr lang als Ritter von der traurigen Gestalt vor sich hinvegetiert. Das Schlimmste an ihm war sein Mund gewesen. Geöffnet blickte man auf Zahnlücken und abgefaulte Stummel, es roch nach Fäule. Aber auch ein Augapfel fehlte. In das dunkle Loch konnte er mit dem Finger hineintupfen, ohne zu zucken. In das einst gesunde Auge war ihm auf der Deponie Batteriesäure gespritzt. Er war bis zu seinem Tod ein Mahnmal für die Hölle des Elektroschrotts.

Nun waren Vater und Mutter Zhang für Großmutter verantwortlich. Vater Zhang sah seiner Frau oft in die Augen. Sie schwammen trotz Traurigkeit nicht in Tränen. Ihr vergiftetes Alltagsleben hatte sie versiegen lassen.

Die ersten Mitglieder der Familie Zhang waren im Jahr 1959 vom Land hierhergezogen. Mit der Kampagne *Großer Sprung nach vorne* hatte sie der große Vorsitzende Mao Zedong in die Städte geordert, wo man sie beim industriellen Aufschwung als Arbeitskräfte brauchte. In China begann auf Geheiß des großen Führers ein enormer wirtschaftlicher Aufbruch. Nach dem Haushaltsregistrierungssystem Chinas, dem Hukou-System, erlebten die Zhangs damit eine gesellschaftliche Aufwertung. Ihr permanenter offizieller Aufenthaltsort lag nun im städtischen Bereich, was ihnen einige soziale Vorteile bescherte. Nach Mao Zedongs Tod im Jahre 1976 hatte sich China noch weiter dem Welthandel geöffnet. Mega-Städte entstanden und die Menschen zogen erneut in Massen weg vom Land in der Hoffnung, Arbeit beziehungsweise ein besseres Leben zu finden. Diese Landflucht musste rund um die Städte organisiert werden. Im Jahre 2006 begann die Regierung damit, die Migranten verstärkt in das städtische Arbeits- und Lebensumfeld zu integrieren. Dadurch wurden zum Teil öffentliche Schulen kostenlos für ihre Kinder geöffnet. Am Rande der Stadt, nahe der Deponie, ihrem Arbeitsplatz, wurde ihnen Wohnraum gewährt. Privates Eigentum gab es im Stadtgebiet allerdings immer noch nicht.

Die dorfähnlichen Ansiedlungen zeigten zunächst einen ziemlichen Wildwuchs und wurden, wegen der Armut der Bewohner, Sammelsurien baufälliger Häuser mit unzureichender Infrastruktur. Es gab kein sauberes Wasser und auch keinen Anschluss an die Kanalisation. Die Regierung duldete diesen Zustand, weil nur so, mit slumähnlichem Wohnraum, für sie der geplante wirtschaftliche Aufschwung erreichbar wurde. Planerfüllung war das A und O im Reich der Mitte!

In China spielt die Familie eine große Rolle.

In die jüngere Generation, besonders in ihre Bildung, wurde investiert, denn sie war die Vorsorge für das eigene Alter. Man lebte, wenn irgend möglich, im Familienverbund mit Großeltern, Eltern und Kindern beisammen. Unter dem Druck der Regierung war die Fertilitätsrate (Geburten pro Frau) um das Jahr 2019 herum auf 1,7 Kinder gesunken. Diese Wunschzahlen übertrafen die Zhangs noch erheblich.

Die Großeltern und Eltern lebten mit drei Kindern in einem Haushaltsverbund. Fan war der älteste Sohn, Chengwu der zweite, und als Nachzüglerin kam die Tochter Cai auf die Welt. Die Zhangs arbeiteten von frühmorgens bis in die Nacht hinein. Sie glaubten, zum ersten Mal rosigen Zeiten entgegenzusehen. Vater Zhang war zum Handwerker aufgestiegen. Er reparierte Geräte aus dem Müll, alles, was gebraucht wurde. Im Sommer waren es eher Klimaanlagen und Kühlschränke, im Winter gingen Heizungsgeräte besser im Verkauf. Mehrere hundert Kühlschränke suchten die Söhne pro Jahr zusammen und Vater reparierte sie. Knapp zwölf Euro verdiente die Familie an einem Gerät, das es bis auf den Gebrauchsgütermarkt schaffte. Da kam mehr Geld zusammen, als sie je in der Hand gehalten hatten. Und sie hofften auf ein Weiter-so. Dem stand nun die Wirtschaftsentwicklung entgegen, die gerade eingesetzt hatte: Die Konjunktur knickte ein. Die Welt kaufte in China weniger Textilien, Spielzeug und Elektronik. Der Elektroschrott nahm drastisch ab. Die Zhangs mussten plötzlich wieder um ihre Existenz bangen. Denn die Pekinger Regierung änderte ihre Politik. Mit Abwrackprämien versuchte sie zwischen 2009 und 2011, die Konsumenten zum Kaufen zu locken. Die Altgeräte konnten im Einzelhandel zur fachmännischen Entsorgung in Zahlung gegeben werden. Die Aktion wurde ein Erfolgsmodell. 84 Millionen Haushaltsgeräte wurden eingesammelt und fachmännisch recycelt. Für die Müllmenschen brach die Existenzgrundlage weg. Wie gewonnen, so zerronnen! Viele von ihnen gaben auf. Zudem begann die Regierung damit, das alte Schrottzentrum abzureißen, und baute ein paar Kilometer weiter Lagerhallen für eine neue Müllordnung. Die Sammler wurden gezwungen, in die teure Gegend umzuziehen.

Mittlerweile gründeten sich im Land hundertdreißig Elektroschrottunternehmen. Lediglich dreiundfünfzig davon hatten allerdings den Nachweis einer geeigneten Technologie erbracht. Wenigstens führte die schwankende Politik der Regierung für die Müllmenschen zu einer Atempause: Das Subventionsprogramm wurde aus Kostengründen eingestellt. Die Rückgabe der Altgeräte durch die Konsumenten an den Handel kam ins Stocken und endete bald wieder. ...

Chinas Strategiewechsel sprach sich schnell im Ausland herum, und bald setzten wieder vermehrt die verbotenen Importe von Schrott aus den reichen Ländern ein. Der Berg an ungeordnetem Elektroschrott wuchs erneut kräftig an. Auch das chinesische Inland sorgte dafür. Wachsender Wohlstand und kürzere Zyklen der Innovationen an Neugeräten führten zu einem Kaufanstieg und bescherten durch die übrigbleibenden Altgeräte weiteren Elektroschrott. Die alten »Entsorger« gewannen das verlorene Terrain zurück, auch wenn sie sich nun in Konkurrenz zu den Elektroschrott-Unternehmen befanden. Dagegen hatten die Männer der Familie Zhang eine pfiffige Abwehrstrategie erdacht: Mit Rikschas fuhren sie durch die Stadtviertel und schwatzten den Leuten für wenig Geld die

Altgeräte ab. Mit diesem Service waren sie flexibler als die Unternehmen. Es gelang ihnen sogar, die Rosinen aus dem Teig zu picken. Mit einem Mal sah die Zukunft wieder rosiger aus.

Ein trauriges Ereignis traf die Familie privat. Der älteste Sohn Fan starb bei einer Rikschafahrt unter einem Lastwagen, dessen Fahrer unachtsam zurückgesetzt hatte. Nicht nur das menschliche Leid füllte die Hütte der Familie, ihr wurde auch schmerzlich bewusst, wie sehr seine tüchtigen Hände und sein wacher Geist für das Überleben der Familien fehlen würden.

Die Mutter saß da wie eine italienische Pietà, eine Marienfigur, die ihren erwachsenen Sohn im Arm hält und beweint. Tränen kullerten ihr die Wangen hinab. Nun funktionierten die Tränendrüsen. Ihre Spinnenhände mit der schwieligen Haut und den dicken Venen umfingen ihn sanft.

Leiderprobt weinte sie stumm vor sich hin. Selbst die kleine Tochter ahnte, dass etwas Schreckliches geschehen war. Großmutter schluchzte laut, und der Vater verbarg seine Trauer hinter einem versteinerten Gesicht. Doch das Leben musste weitergehen. Wohin der Weg führen würde, war ungewisser denn je. ...

China im Jahr 2020

Die Lungenkrankheit Covid-19 war zwar erstmalig in China aufgetreten, das Reich der Mitte hat sie allerdings dem Anschein nach schnell wieder in den Griff bekommen. Dies war auf dirigistische Maßnahmen zurückzuführen, die es in Demokratien nicht geben durfte. Dort wurden die Rechte jeder Einzelperson weit höher geschützt. Große chinesische Städte wurden völlig abgeschlossen. Totale Kontaktsperre war verordnet. Bei Verstößen gegen diese Vorschriften wurden unverzüglich drastische Strafen vollstreckt. Das Alltagsleben in China verlief bald wieder normal. Die Abstandsregeln spielten keine Rolle mehr, das galt auch für das Maskentragen.

Nur in öffentlichen Verkehrsmitteln und Flugzeugen, in Banken, Schulen, Krankenhäusern und Universitäten wurden Masken noch erwartet. Doch plötzlich nahmen Corona-Kontrollen wieder zu. Es hatte einige Neuinfektionen gegeben. Sie waren nicht von Auslandsreisen eingeschleppt worden, man vermutete, dass sie auf deutsche Schweinshaxen zurückgingen. In der Bundesrepublik Deutschland hatte man nämlich in zwei Bundesländern die Schweinepest nachgewiesen, bevor der Import deutscher Schweine nach China verboten worden war. Wie die Welt China für den Ausbruch der Pandemie verantwortlich machte, stellten die Chinesen nun Deutschland an den Pranger. ...

Der Anstieg von Chinas Staatsschulden ging auf die Corona-Krise und auf den Handelskrieg mit den USA zurück. Der wachsende Schuldenberg der Volksrepublik gab mittlerweile im westlichen Ausland Anlass zur Sorge. Er wurde in den Medien stark problematisiert. Was waren die

Gründe für die steigende Verschuldung? Die chinesische Staatsregierung wirkte der durch Corona abgeschwächten Wirtschaftsentwicklung über schuldenfinanzierte Investitionen besonders im Infrastrukturbereich entgegen. Dass der Staat dabei in die Infrastruktur investierte, förderte auch das Abfallmanagement. Die Zentralbank und das Finanzministerium stellten dem Bankensystem enorme Beträge zur Verfügung. So gewährte das Finanzministerium der Wirtschaft in den ersten vier Monaten des Jahres 2020 durch Senkung von Steuern, Abgaben und Gebühren Erleichterungen von rund 61 Millionen Euro. In derselben Periode sanken die Staatseinnahmen gegenüber dem Vorjahr noch um 14,5 Prozent. Man konnte also nur mit weiterer Schuldenaufnahme finanzieren.

China hatte sich über die Jahre zum größten Anteilseigner von US-Schulden entwickelt. Chinas Präsident Xi Jinping erklärte noch 2018: »Die USA schulden China 1,11 Billionen Dollar.« Der Kauf amerikanischer Papiere hielt den Dollar im Vergleich zum Yuan stark. Damit blieben für die Amerikaner chinesische Exporte oftmals günstiger als amerikanische Inlandswaren. Im tobenden Handelskrieg ging es Amerika darum, dieses Ungleichgewicht der Währungen zu korrigieren. Man wollte gleiche Marktchancen für sich in China erreichen, wie China sie in den USA vorfand. Da China aber keine Zugeständnisse für einen günstigeren Markteintritt machte, griff der amerikanische Präsident Donald Trump zu einem ärgerlichen Gegenmittel, nämlich immer neuen Strafzöllen.
Aber auch China zeigte die Zähne: Das Reich der Mitte verkaufte in Millionenhöhe US-Staatsanleihen mit der Folge, dass in den Vereinigten Staaten die Zinsen anstiegen und das Wirtschaftswachstum eingebremst wurde. China musste allerdings bald erkennen, dass schon die Androhung solcher Verkäufe zu einem Effekt führte, der gleichzeitig die Nachfrage nach Dollars einbrechen ließ, was die Wettbewerbsfähigkeit Chinas schwächte. Dieser Kampf der Giganten nutzte keinem von beiden.
Auch wenn die Schuldenquote, die Staatsverschuldung in Bezug auf das Bruttoinlandsprodukt, nach den offengelegten Zahlen ständig zunahm, vermuteten Finanzexperten eine noch viel rigorosere Entwicklung

in der Realität. Die chinesischen Statistiken blieben für die Außenwelt undurchsichtig. Staatsschulden wurden beispielsweise dem Unternehmenssektor zugerechnet, wenn sich Staatsbetriebe in Joint Ventures mit Privatbetrieben an Bauprojekten oder anderen Fertigungsprozessen beteiligten und dabei Schulden aufnahmen. Die Verschuldungssituation der lokalen Gebietskörperschaften galt in Bankenkreisen in der Schuldenquote als nur rudimentär berücksichtigt. Sah man die Staatsschulden in Gesamtsicht mit denen des Unternehmenssektors und denen der Privathaushalte, zeigte sich die Schuldenentwicklung viel rasanter: Die Schulden erhöhten sich dann fast auf das Dreifache der reinen Staatsschulden. Besonders drastisch war der Schuldenberg der Privathaushalte angewachsen, was auf explodierende Immobilienpreise zurückging. Deren Anstieg führte auch noch zu einer dramatischen Ungleichverteilung der Vermögen in privater Hand. Wer frühzeitig günstig eine Immobilie kaufen konnte, war nun der Gewinner. Denn im Jahre 2020 kosteten in Peking schon 2,7 Quadratmeter Wohnraum ein durchschnittliches Jahreseinkommen! Mangels Anlagealternativen investierten Unternehmen und Privatpersonen trotzdem weiterhin in »Betongold« und hofften, dass die Preise weiterstiegen. Weltweit niedrige Zinsen und eine geringe Inflation machten den Schuldenanstieg dafür erst möglich bzw. erträglich. Aber anscheinend wurde auch hier die Statistik geschönt: Die Explosion der Immobilienpreise berücksichtigte man (als weitere Ungenauigkeit) in der Inflationsstatistik gar nicht.

Ein zusätzliches Indiz für eine ungesunde Politik Chinas wurde in der Entwicklung der Kreditrendite deutlich. Diese besagt, in welcher Höhe Neukredite das Wirtschaftswachstum beleben. Im Jahre 2008 erbrachte noch jeder eingesetzte Yuan ein Wachstum von 0,75 Yuan obendrauf. Die Wirkung hat sich fast bis zur Bedeutungslosigkeit abgeflacht. Die Kennzahl lag nunmehr bei unter 0,25 Yuan. Dadurch, dass ein hoher Anteil der Schulden auch noch kurzfristig finanziert wurde, erwuchs ein weiteres Risiko: Wenn einmal Probleme am internationalen Finanzmarkt eintreten sollten, war die längerfristig benötigte Finanzierung der Schulden nicht gesichert. Die Angst, dass aus dem Reich der Mitte für das weltweite Finanzsystem Gefahren ausgehen könnten, wurde mit weiteren Argumenten befeuert: China befand sich immer noch in einem mittleren Entwicklungsniveau. Auf der anderen Seite alterte die Bevölkerung rasch und ein funktionierendes Versorgungssystem für das Alter war noch nicht gewährleistet. Die Wirtschaftswachstumsrate konnte aber kaum dauerhaft künstlich so hochgehalten werden, dass der überwiegend noch niedrige Lebensstandard eine merkliche Verbesserung erfuhr. In China herrschte zudem noch ein starkes Einkommensgefälle: Eine geringe Zahl an Superreichen und eine mäßig wachsende Mittelklasse stand einem übergroßen Teil an Bürgern in Armut gegenüber. Bauern verdienten beispielsweise nur 1200 bis 1900 Euro jährlich! Ein düsteres Fazit konkretisierte sich in dem Satz: *Achtung, die Volksrepublik wird alt, bevor sie reich genug ist!* China hatte in dieser Lage wenig Spielraum für Weltschutz und dachte eher nur an sich.

Der Staat tat innerhalb der schuldenfinanzierten Strukturmaßnahmen jedoch einiges dafür, ein geordnetes Müllmanagement zustande zu bringen. In Guiyu waren erste Fortschritte feststellbar. Die Rolle des weltgrößten Importeurs von Elektroschrotts hatte man hinter sich gelassen. Obwohl seit 2017 Müll- und Schrottimporte verboten waren, gab es trotzdem immer noch genug davon. Für das Übertreten der Gesetze fanden sich genügend Schlupflöcher. Meist gingen die verbotenen Wege über Hongkong. Dagegen wurden Pläne geschmiedet. Hongkong musste an die Leine! Die westliche Welt wetterte ohne Wirkung gegen die eingeleiteten Maßnahmen. Auch innerhalb Chinas gab es Bemühungen: Das *Bureau of International Recycling* (BIR) setzte auf seiner Webseite ständig weitere Schrottarten auf die Verbotsliste. Vorabinspektionsstellen wurden eingeführt und ergänzten das bisherige Kontrollsystem. Vertrauen war gut, aber in China wurde Kontrolle nun allgegenwärtig! Vom 1. Januar 2021 an sollte das Importverbot für Abfälle nochmals verschärft werden. In der Endphase wollte man nur noch Produkte und aufbereitete Materialien ins Land lassen, die den unersättlichen Bedarf der heimischen Industrie auf genehme Weise decken konnten. Einzelne Kategorien, die dazu für gut befunden worden waren, hatte man bekannt gegeben, an der Bekanntgabe anderer arbeitete man noch. Auch wenn in Guiyu die alte Deponie noch vor sich hin stank und rauchte, der 2013 begonnene Industriepark nahm Formen an. Der neue Schrott wurde nicht mehr auf offenem Feld deponiert, er landete vorsortiert in Hallen, für deren Beschickung es klare Regeln gab. Viele Menschen von der Mülldeponie kamen als Müllkontrolleure in Lohn und Brot. Aktivistische Gruppen schärften das Bewusstsein für die Gefahren von Elektroschrott und dessen negative Auswirkungen auf die Umwelt. Auch öffentliche Medien nutzten Dokumentationen und Fernsehprogramme, um auf die Gefahren von Elektroschrott aufmerksam zu machen. Die Guiyu-Township-Regierung hatte das Verbrennen von Elektronik im Feuer sowie das Eintauchen in Schwefelsäure gänzlich verboten.

Die Bedingungen in Guiyu-Stadt hatten sich trotzdem wegen der zögerlichen Bemühungen der chinesischen Regierung, das Importverbot für Elektroschrott strikt umzusetzen, nur leicht verbessert. Zumindest im alten Deponiebereich wurden immer noch Gifte durch Regen und durch den Müll rieselnde kleine Rinnsale ausgewaschen und über die Gegend verteilt. Der nahegelegene Lianjiang River war dreimal so stark mit Schwermetallen belastet, wie es der vorgegebene Grenzwert zuließ. Die wenigen Wasseraufbereitungsanlagen kamen gegen diese Vergiftung nicht an. Das Verbrennen von Schrottteilen sowie dessen Eintauchen in Schwefelsäure war zwar verboten, doch an diversen Stellen schwelte und kokelte der Restmüll weiter und setzte giftige Dämpfe frei. Nach Wertstoffen wurde immer noch gesucht, meist im Verborgenen in der Nacht. Inzwischen kam ein weiteres Problem hinzu: Mit wachsendem wirtschaftlichem Erfolg wuchs nicht nur die Konsumfreudigkeit der Chinesen, sondern auch ihr Hausmüll. Der hatte in den letzten fünfunddreißig Jahren kaum eine Rolle gespielt. In Zeiten allgemeiner nationaler Armut waren alle Überreste immer weiterverwertet worden. Nun war man im Umgang mit Resten viel großzügiger. Berge von Hausmüll türmten sich auf. Dagegen hatte die Regierung am 1. Juli 2019 von oben herab eine Mülltrennungsrevolution verordnet und investierte größere Geldbeträge in deren Erfolg. In den großen Städten kämpfte man gegen den landesweit wachsenden Müll mit digitalen Apps und digitalisierten Mülleimern, die Müllnachverfolgung möglich machten. Shanghai war als Pilotstadt führend darin.

Germany Trade & Invert, gefördert durch das deutsche Bundesministerium für Wirtschaft und Energie, war seit dem 3. Oktober 2019 ein Partner. Die Hauptstadt Peking, in der 2018 allein circa 9,3 Millionen Tonnen Haushaltsmüll gesammelt wurden, testete rund hundert verschiedene Modelle zur Mülltrennung. Nach einem landesweit geltenden Regelwerk mussten vier Müllkategorien getrennt werden: Wiederverwertbares (Papier, Glas, Plastik, Stoff etc.), Nassmüll (kompostierbare Bioküchenabfälle), Sondermüll (Batterien, abgelaufene Medikamente und Ähnliches) sowie Trockenmüll.

Diese Trennung hatte im privaten Bereich wie im gewerblichen zu erfolgen. Verstöße wurden mit spürbaren Strafen belegt. Trockener Müll ließ sich am besten maschinell sortieren. Nassmüll wurde für die Produktion von Biogas und damit zur Energiegewinnung verwertet. Die Recyclingquote hatte zu Beginn der Aktion landesweit bei nur ca. 5 Prozent gelegen. Die für 2020 geplante Recyclingquote von 35 Prozent wurde nicht ganz erreicht. Aber der Erfolg konnte sich sehen lassen. Sechsundvierzig Großstädte wollten im Jahr 2020 erstmals Abfallgebühren erheben. Doch diese Maßnahme verzögerte sich; um den Wachstumsprozess nicht zu stören, wurde sie ausgesetzt. Aber die Zeiten, in denen in verschiedenen Tonnen gesammelt wurde, um dann alles in einem Müllwagen abzuholen, waren endgültig vorbei. In einigen Regionen wurden sogar QR-Codes an den Abfallsäcken angebracht, um Herkunft und Menge des Mülls rückverfolgen zu können. Nach einem Fünfjahresplan sollten schlussendlich mindestens 50 Prozent des Haushaltsmülls verbrannt werden, um weitere Deponiebildungen zu vermeiden. Die Anwohner nahmen Neudeponien nämlich nicht mehr klaglos hin. Das galt auch für die Standorte neuer Müllverbrennungsanlagen. Von denen waren trotzdem hunderte in Bau. Die Obrigkeit verließ die dirigistischen Pfade nicht.

Yan Li und sein Freund Qiufan Baoquan lebten noch immer im Umfeld der Deponie. Beide waren aufgestiegen. Qiufan Baoquan hatte eine

Festanstellung als staatlicher Müllkontrolleur erhalten. Ihm war bei der Auswahl zum Mitarbeiter seine Kenntnis über die Müllarten zugutegekommen, die er beim Sammeln auf der alten Deponie gewonnen hatte. Sein Aufstieg hatte ihn viel selbstsicherer gemacht. Das Stottern war fast fortgefallen. Nur noch in besonderen Stresssituationen fiel er darin zurück. Seine Freundschaft zu Yan Li hatte Bestand. Sie pflegten einen gemeinsamen Freundes- und Bekanntenkreis. Yan Li war ebenfalls in Festanstellung. Sie war auskömmlicher als die von Qiufan und machte ihm Spaß. Er war in einer Reparaturwerkstatt des Industrieparks in der Lehre. Sein Meister hatte sich auf die Reparatur von Mobiltelefonen, hauptsächlich iPhones, spezialisiert. Meister Bao Dai lernte ihn von der Pike auf an. Yan Li hatte es darin zur Perfektion gebracht, Ersatzteile in den Hallen zu suchen, zu finden und für Bao Dai zu kaufen. Er hatte einen Blick dafür gewonnen, besonders gute Ersatzteile zu erkennen, und deshalb von Bao Dai sogar die Erlaubnis, sie, neben den gerade notwendigen Teilen, zur Vorratshaltung zu kaufen. Beide jungen Männer waren mit ihren neuen Aufgaben dem täglichen Kontakt mit den toxischen Stoffen entronnen, bevor große gesundheitliche Schäden erkennbar geworden waren. Keine Atemnot, kein Blut in der Spucke! Ängste davor, dass die Stoffe doch noch in ihren Körpern rumorten, verdrängten sie mit dem Optimismus der Jugend. Mit wachen Augen beobachteten sie alle Möglichkeiten, die sie auf der Erfolgsleiter nach oben bringen konnten. Sie hatten inzwischen ein ganz anderes Drehbuch für ihr Leben. Sie wollte nicht einfach nur überleben. Aber sie hatten auch keine Zeit zu helfen, die Welt zu retten. …

Da man in Peking immer noch mit verschiedenen Modellen der Mülltrennung experimentierte, war im Stadtgebiet die Müllentsorgung noch nicht abschließend geregelt. Für private Elektroschrottsammler bestanden noch Möglichkeiten, ihre bisherigen Geschäfte fortzusetzen. Familie Zhang hatte sich darauf erfolgreich eingestellt, musste aber im privaten Bereich einen weiteren familiären Schicksalsschlag ertragen. Die Großmutter war nun auch vor einem Monat verstorben. Der Tod der beiden Alten bescherte den Übriggebliebenen unbekannte Platzfülle in ihrer Hütte. Auch war es nun leichter, die übriggebliebenen hungrigen Mäuler zu stopfen.

Chengwu war in die Fußstapfen seines toten Bruders Fan getreten. Er unternahm nun die Fahrten mit der Rikscha. Sein Vater nannte ihn manches Mal liebevoll »Fan zwei«. Der Vater leitete eine Reparaturwerkstatt bei den neuen Lagerhallen. Dort hatte er sich auf die Reparatur von Fernsehgeräten mit Flachbildmonitoren spezialisiert.

Hierfür suchte nun Chengwu auf seinen Rundfahrten im Stadtgebiet nach brauchbaren Ersatzteilen. Er hatte inzwischen ein großes Geschick, günstige Preise auszuhandeln und trug damit wesentlich zu einer auskömmlichen Rendite des Reparaturbetriebs bei. Mutter Zhang gehörte zu den wenigen Dorfbewohnern, die in einem offiziellen Laden eine Festanstellung hatten. Sie verkaufte recycelte Geräte. In Abwechslung mit einem Kollegen wurde der Verkaufsraum auch zu ihrer Schlafstätte. Sie übernahm dann die Bewachung der Waren über die Nacht. Mit beiden Einkommen hatte die Familie ein gesichertes Auskommen. Auch für Tochter Cai hatte sich der Tagesablauf stark verändert. Sie war nun ein Schulkind. Seit 1986 gab es ein Gesetz für die allgemeine Schulpflicht. Die obligatorische Schulzeit dauerte neun Jahre. Sie bestand aus sechs Jahren Grundschule und drei Jahren Sekundarstufe. In den öffentlichen Schulen wurden keine Gebühren erhoben. Ihre Klassengröße umfasste um die fünfzig Kinder. Cai bekam einen großen, neuen Freundeskreis. Sie war auch ohne elterlichen Druck aufmerksam und fleißig. Es schien für sie möglich, im Anschluss an die neun Jahre die Prüfung für die Oberstufe zu bestehen. Allerdings würden dann Schulgebühren anfallen. Cai war sehr stolz auf ihre Schuluniform, deren Tragen Pflicht war. Sie trug einen Sportanzug in blauen und roten Tönen. Am liebsten hätte sie ihn immer getragen, doch das war außerhalb des Schulbetriebs nicht erlaubt. Es gab nur eine Uniform für den Sommer und eine für den Winter. Die Kleidungsstücke unterschieden sich lediglich in der Stärke des verwendeten Materials. Pro Jahreszeit gab es keinen Ersatz, also mussten die Anzüge geschont werden. Nicht zuletzt durch die Aufnahme von Migrantenkindern in den öffentlichen Schulbetrieb konnte die Analphabetenquote schon im Jahr 2018 auf 3,2 Prozent gesenkt werden. Auch wenn sich in den letzten Jahren im Reich der Mitte einiges gegen die Missstände in der Müllwirtschaft getan hatte, war die Büchse der Pandora längst noch nicht geschlossen! Die Regierung blieb in ihrer Förderung wetterwendisch. Wenn andere Dinge zum Wohle des Wirtschaftswachstums wichtiger erschienen, wurden die Prioritäten neu gesetzt.

Unter dem Parteichef Xi Jinping hatte sich das riesige Land Schritt für Schritt wieder Richtung Zentralismus bewegt und damit zurück zu den Wurzeln des Republikgründers Mao Zedong. Der flexible Stil der Wirtschaftspolitik in den achtziger Jahren, der sogar leicht marktwirtschaftliche Züge hatte und China ökonomischen Erfolg bescherte, blieb auf der Strecke. Nach Meinung des Parteichefs brachte ein liberales System zu viele Gefahren mit sich, für die autokratisch herrschende Führung der Kommunistischen Partei Chinas (KPCh). Wie die Sozialsysteme des Landes ausgebaut werden sollten, wie die öffentliche Verwaltung eingerichtet und kontrolliert werden konnte, aber auch Einzelkampagnen zur Korruptionsbekämpfung, zur patriotischen Erziehung oder zum Umweltschutz wurden zentral für die ganze Nation beschlossen und umgesetzt. Dieser Zustand sollte bewahrt bleiben. Die vielen Erfolge, die zwischenzeitlich auf lokale Autonomie und lokale Experimente zurückgegangen waren, gingen wieder verloren. Nicht alles, was die Führung zentral verlangte, passte für alle Regionen. Zentralistisch getroffene, falsche Einschätzungen schlugen hingegen auf das gesamte Land durch: Im Juli 2018 musste zum Beispiel die gerade verordnete schnelle Umstellung von Kohle- auf Gasheizung abgebrochen werden, weil man das verfügbare Volumen an landesweit vorhandenem Gas zentral falsch errechnet hatte.

Gegen die Kritik an aufkommendem Formalismus und Dirigismus, die der Heterogenität der Kantone nicht Rechnung trugen, war das marginale Einlenken der Partei am 26. November 2019 nicht genug. Die Entscheidungsträger verkündeten zwar damals, dass zentrale Vorgaben regional angepasst werden könnten. Andererseits beschloss die Parteizentrale aber detaillierte Regelwerke und Kontrollsysteme für alle. Immer mehr Parteikader wurden auf allen Ebenen zu Schulungen und Studiengängen zusammengerufen, damit sie das Gedankengut ihres Führers verinnerlichten. Kritiker wurden zur Umerziehung kaserniert. Dauerhaft Nichtsystemkonforme landeten im Gefängnis.

Erfolgreiche Veränderungen wurden zurückgedreht: Die Privatwirtschaft wurde wieder verstärkt unter staatliche Kontrolle gebracht. Das galt für Digitalunternehmen, Startups und Firmen wie Bytedance, unter anderem Inhaber von TikTok, das sogar in den westlichen Ländern Erfolg hat und für den Hauptrivalen USA deshalb zum Dorn im Auge wurde. Die vereinigten Staaten haben das Videoportal für die Lippensynchronisation von Musikvideos und andere kurze Videoclips kurzerhand verboten. Von den offiziell beschäftigten 35.000 Bytedance- Mitarbeitern in China hatten von nun an bis zu 10.000 als Controller des Staatsapparats zu arbeiten.

Verlautbarungen über den wirtschaftlichen Erfolg durch Statistiken trugen immer den Kontrollstempel der politischen Führung und mussten deshalb mit Vorsicht übernommen werden. Wo das Land der Mitte zu jedem Zeitpunkt wirklich stand, blieb nicht nur für das Ausland im Unklaren. Ein Nachfolger für den Staatschef und damit vielleicht ein Richtungswechsel war nicht in Sicht. Vielmehr wurde seine Amtszeitbegrenzung aufgehoben. Die Prognose ist erlaubt, dass sein zentralistisches Herrschaftssystem noch Jahre Bestand haben wird.

Erfolge überlagern zurzeit noch die Nachteile, ein wichtiges Beispiel dafür: Nach achtjähriger Verhandlung unterzeichneten fünfzehn asiatische Länder die *Regional Comprehensive Economic Partnership*, RCEP, das weltweit größte Freihandelsabkommen. Die Unterzeichnung erfolgte wegen der Pandemie vollständig virtuell und fand große Zustimmung in allen teilnehmenden Ländern. RCEP brachte zum ersten Mal die engsten und wichtigsten Verbündeten der USA, nämlich Südkorea, Japan sowie Australien, im südpazifischen Raum mit China zusammen. Mehr als ein Viertel der Weltbevölkerung, etwa 2,2 Milliarden Menschen, lebt in den Partnernationen. Die Strahlkraft des großen Deals wirkt noch stärker, weil die westlichen Industrieländer immer noch unter Corona litten und tatenlos zusahen. Die Wirtschaftsjournalistin Heike Buchter kommentierte in ihre Kolumne trefflich: »*Das weltgrößte Handelsabkommen heißt nun RCEP: 15 asiatische Staaten haben eine neue Freihandelszone geschaffen. Aus Trumps Politik America First wird America Alone.*«

Für Amerika war keine vergleichbare Regelung zustande gekommen. Barack Obama hatte sich zwar 2008, nach seiner Wahl zum Präsidenten, selbst als ersten pazifischen Präsidenten Amerikas bezeichnet und mit dieser Verlautbarung die Nähe zu Asien gesucht. Das Abkommen *Trans-Pacific Partnership* (TPP), ein Freihandelsabkommen, welches fast die gleichen Mitgliedsländer umfassen sollte wie nunmehr RCEP, wies den Unterschied auf, dass China außen vor bleiben sollte. Im Jahre 2016 war es unterschriftsreif gewesen, doch der Wahlsieger Donald Trump widerrief die Teilnahme der USA und gab China eine Chance, das heutige Projekt aufs Wasser zu setzen. China wuchs dadurch eine dominante Rolle zu, dass Indien im letzten Augenblick seinen Beitritt zum RCEP versagte. Die Laufzeit von RCEP ist ambitioniert: Das Abkommen soll über die nächsten zwanzig Jahre ausgebaut werden. Der Pakt läute den Beginn des asiatischen Jahrhunderts ein, schrieb die »Asia Times« voller Stolz. Man ist fest davon überzeugt, dass der Osten für Aufstieg und der Westen für Abstieg steht! Vom »Welt verändern« träumt man, allerdings ganz anders als John Lennon in seinem Lied »Imagine«:

… Imagine there's no countries
It isn't hard to do
Nothing to kill or die for
And no religion too
Imagine all the people living life in peace, you

You may say I'm a dreamer
But I'm not the only one
I hope some day you'll join us
And the world will be as one …

Japan hegt die Hoffnung, dass der neue US-Präsident Joe Biden nach seiner Amtsübernahme das Trans-Pacific-Partnership-Abkommen durch Amerikas Beitritt gestärkt aufleben lassen würde. Doch die ersten Zeichen des neuen Herrn im Weißen Haus sprechen nicht dafür. Der Kampf gegen die Pandemie und die Rezession im eigenen Land haben für ihn Priorität.

Für die deutsche EU-Ratspräsidentschaft war es bedeutsam, dass zum Jahreswechsel 2020/2021 nach siebenjähriger Verhandlung ein Investitionsabkommen zwischen EU und China zustande kam. Der deutsche Wirtschaftsminister Peter Altmaier sprach von einem Meilenstein. Doch Kritik kam von allen Seiten. Den neuen amerikanischen Präsidenten Joe Biden traf es hart, er wollte eigentlich gemeinsam mit der EU gegen China vorgehen.

In Deutschland haderten viele Gruppierungen, so die Industrie, auch Nichtregierungsorganisationen, Gewerkschaften und Parteien, besonders die Grünen und Sozialdemokraten.

Die Industrie erkannte keinen entscheidenden Fortschritt beim Marktzugang in China. Gewerkschaften und Parteien hatten stärkere Zusagen zum Schutz der Uiguren erhofft, die nachweislich als Zwangsarbeiter eingesetzt werden.

Vertreter der EU verteidigten die CA genannte Vereinbarung.

Sie hoben wichtige Zugeständnisse Chinas im Bereich Umwelt- und Klimaschutz sowie Arbeitsrecht hervor und sahen Bewegung in den Bereichen Transparenz zur Vergabe von Subventionen und faire Wettbewerbsbedingungen. Sie sind sich sicher, dass China sich auf Dauer aus seinen Absichtserklärungen nicht herausmogeln könne. Die Franzosen würden dazu sagen: »en verra« , wir werden sehen.

Chinas Regierung beherrscht nach wie vor die Statistikämter, und es scheint bei den folgenden Prognosen Vorsicht geboten. *In der Wirklichkeit ist die Realität oft ganz anders!*

Das im Jahre 2019 gemeldete reale BIP-Wachstum betrug 6,11 Prozent, fiel im Corona-Jahr 2020 auf unter 2 Prozent zurück und wird nach dem

Fünfjahresplan der Regierung im Jahre 2025 den Rückgang um 5,5 Prozent fast wieder aufgeholt haben. Dazu baut das Land seine Handelswege und Lieferketten aus. Die dafür initiierte neue Seidenstraße soll von Zentralasien bis Westeuropa führen. Das Projekt stößt auf große Bedenken von Umweltschützern. Es hat in immerhin siebzig Ländern als Nebenziele, den Bau von Kohlekraftwerken, Fabriken und Bergwerken mit niedrigen Umweltstandards voranzubringen. China selbst war für fast ein Viertel der weltweiten Emissionen verantwortlich, und nun soll eine Fläche, die von mindestens doppelt so vielen Menschen bewohnt wird wie China, mit gleichen Giftschleudern versehen werden. Der Klimaexperte Nicholas Stern von der *London School of Economics* rechnete innerhalb der nächsten zwanzig Jahre in diesem Gebiet mit einem Anstieg des Pro-Kopf-Einkommens auf das heutige Niveau Chinas. Er folgerte daraus, dass dieses Gebiet, wenn nicht gegengesteuert wird, umweltmäßig mit Emissionen belastet zwei weitere Chinas beherbergen würde und man dann selbst die Erderwärmung von zwei Grad als Ziel vergessen könne. Realistisch wären dann unbefriedigende drei bis vier Grad!

Diese Politik zeigte Chinas wahres Gesicht, man agiert nach wirtschaftlichen Interessen und verfolgt keine »grünen« Ziele. Das wird auch an einem anderen Beispiel deutlich: China hatte zwischen 2014 und 2017 die Treibgasemissionen auf einem relativ hohen Stand wenigstens eingebremst. Dann wurden Konjunkturspritzen notwendig, und man akzeptierte ohne Zögern, dass die Emissionen wieder stiegen.

Auf wichtige Ressourcen hält China mittlerweile im Weltvergleich die Hand drauf: Sowohl in der inländischen Förderung von Metall, speziell bei Hightech-Mineralien und seltenen Erden, ist das Reich der Mitte zum World Champion aufgestiegen und hat großen Einfluss auf die Ausbeutung der knappen Güter. Besonders auf afrikanische Quellen ist Chinas Einfluss dank seiner Kreditvergabe stark gewachsen. Mittlerweile ist man in der Lage, wesentliche Elemente für den Bau von Mikrochips und Elektronikgeräten künstlich zu verknappen. Das führte schon zu Verfahren vor der Welthandelsorganisation.

Dass China vermeintlich vom Umweltbösewicht zum Musterschüler mutierte, ist zwar ein von Staatschef Xi Jinping angeordneter Wandel, der aber nur, wenn es passt, ins Gespräch gebracht wird und keinesfalls eine abgesicherte Prognose erlaubt. Vielen Teilen der Gesellschaft fehlt es immer noch an der Motivation, eine ökologische Zivilisation wirklich anzustreben. Auch könnte die Staatsbürokratie wieder durch andere wirtschaftliche Notwendigkeiten vom Umweltschutz abgelenkt werden. Besonders die katastrophale Luftverschmutzung im Norden des Landes zwang den Umwelt-Saulus überhaupt dazu, ein Umwelt-Paulus zu werden. Während des Aufstiegs zur Wirtschaftsmacht hatte man viel weniger sensibel agiert. Auch heute bleibt vieles nur vordergründig geändert, große Umweltsünden wurden einfach nur ins Ausland verfrachtet: Dort wurde die Volksrepublik der weltgrößte Investor und Errichter von Kohlekraftwerken, die zu Hause nicht mehr im bisherigen Maße die Luft verschmutzen durften. Das Projekt Seidenstraße ist Beleg dafür. Hinsichtlich seiner nationalen Klimaschutzbeiträge bis 2030 läge China gemäß dem Pariser Abkommen im Zeitplan, vor allem dank der Senkung des Energieverbrauchs und der verringerten Abhängigkeit von fossilen Brennstoffen. Doch das ist eine unlautere Interpretation. Das Problem wurde lediglich in andere Länder verlagert. Der nationale Fortschritt ist dadurch global gesehen neutralisiert. Auch das umweltgerechte Fischen in den eigenen Gewässern wurde nur möglich, indem man eine riesige Tiefwasser-Fischflotte aufbaute und in der Fremde ohne Maßhalten abfischte. Die Axt in den eigenen Wäldern konnte ebenfalls nur schweigen, weil der Holzbedarf in anderen Ländern gedeckt werden konnte.

Inzwischen sieht es so aus, als habe sich China auch viel zu früh zum Sieger über die Pandemie erklärt. Sie kam in der Provinz Hebei direkt vor den Toren von Peking wieder. Anfang Januar 2021 stieg innerhalb von fünf Tagen die Zahl der Infektionen auf mehr als 230. Die Behörden mussten dies eingestehen und riefen als Kehrtwende den erneuten Kriegszustand im Kampf gegen das Virus aus. Bald war die 300 Kilometer weit entfernte Provinzhauptstadt Shijiazhuang ebenfalls betroffen. Alle Transportverbindungen dorthin wurden unterbrochen. Bus- und Bahnverbindungen wurden ausgesetzt und 80 Prozent der Flüge nach

Shijiazhuang storniert. Man begann damit, alle elf Millionen Einwohner zu testen. Danach mussten einige Wohngebiete völlig abgeriegelt werden. Kindergärten und Schulen wurden stadtweit geschlossen. Medizinisches Personal wurde eingeflogen. Überlastung der Krankenhäuser machte das notwendig. Fremde sowie Einwohner konnten nur noch mit Sondererlaubnis die Stadt verlassen oder betreten.

Das Ganze wurde durch ein Netz von Straßensperren kontrolliert. Schon binnen Wochenfrist mussten weitere Großstädte isoliert werden. Dass unter diesen geänderten Umständen die optimistischen Wirtschaftsprognosen Bestand haben können, erscheint zweifelhaft. In diesem Zusammenhang wurde offenbar, dass China im eigenen Land alle nationalen und internationalen Forschungen zum Ursprung des Virus kontrolliert und zensiert: Internationale Forscher besuchten ein Tal in Südchina, wo in einem Schacht Fledermäuse leben, die an einer Abart von Covid-19 erkrankt sein sollen. Die Wissenschaftler nahmen Kotproben für ihre Untersuchungen, doch die wurden konfisziert. Angeblich existiert eine chinesische Taskforce, die vom Stadtrat gelenkt und direkt Präsident Xi Jinping untersteht und die alles rund um Covid-19 kontrolliert. Staatlich gesteuerte Geheimhaltung soll unter anderem ermöglichen, Spekulationen aufrechtzuerhalten, wonach die Pandemie woanders als in China begann. Die chinesische Führung ist allerdings nicht die einzige, die Forschung zur Corona-Pandemie politisch instrumentalisiert: Auch US-Präsident Donald Trump sprach immer wieder vom »China-Virus« und kündigte an, China »zur Rechenschaft« zu ziehen.

Wie weit die jungen Schrottsucher in Guiyu oder Familie Zhang in Dongxiaokou in gleicher Weise ihr Leben fristen müssen, wie bisher oder ob es sich nachhaltig und umweltbewusst verbessern lässt, bleibt ohne sichere Antwort.

Das erneute Auflodern der Pandemie mit neuen Kosten wird die staatliche Fürsorge für sie in den Hintergrund drängen.

China wird auch künftig ein nicht einschätzbarer Player im Weltgeschehen bleiben und dadurch eine unkalkulierbare Gefahr für die Weltgemeinschaft sein. ...

Was lehren die chinesischen Werte?

China wurde über mehr als 2000 Jahre von konfuzianischen Werten beeinflusst. Als Staatsdoktrin bilden sie zu einem gewissen Grad heute noch die ethische Grundlage der chinesischen Gesellschaft.

Für die westlichen Staaten wurde durch die Französische Revolution der Bürger staatstragend (von unten geführte Zivilgesellschaft).

In China besteht hingegen immer noch eine von oben geführte Zivilgesellschaft. Kommunistische Kader, die dem Regierungslager angehören, sollen idealtypisch an den Idealen der Mitmenschlichkeit orientierte Verwalter und loyale Kritiker gegen unkorrekte und unmenschliche Machtausübung sein. Die Zivilgesellschaft ist von einer Elite (von oben) geführt.

China steht nach vier Jahrzehnten starkem Wachstum vor enormen Herausforderungen für Umwelt und Gesellschaft. Wissenschaftliche Projekte verlangen eine Zusammenarbeit von Staat und Unternehmen. Das Projekt fußt auf dem indigen-chinesischen Ansatz des »konfuzianischen Unternehmers« (rushang). Eine Integration von traditionellem Denken und Profitstreben wird gesucht und soll den gewünschten Nutzen für die Gesellschaft bringen. Die Unterschiede zu westlichen Denkmodellen werden, trotz vieler Übereinstimmung, evident. Die Bedeutung der Familie, von Gemeinschaften in Firmen und Aspekte des Vertrauens und der Verantwortung werden stärker einbezogen. Die unterschiedliche Art zu führen muss jedoch keine unlösbaren Probleme verursachen, man braucht keine universale Führungsweise. Es würde vollkommen ausreichen, wenn alle Seiten die eigene Moral nicht permanent und systematisch verletzen würden, indem sie zulasten Dritter leben: der Dritten Welt, der Nachwelt und der natürlichen Mitwelt. Ein solches Verhalten würde eine Einheit in der Vielfalt ermöglichen.

Nikolaus Cusanus, ein Philosoph des Mittelalters, schlug schon vor, so vor-anzugehen. Er propagierte kein Entweder-oder, sondern ein Sowohl-als-auch. Für ein sicheres Leben auf der Erde sind die nichtwestlichen Werte und lokal entstandenen Menschenrechte genauso wichtig wie die westlichen Maximen dazu. Auch wenn der Westen gewohnt ist, alles in rechtliche Re-geln zu fassen, so sind Aspekte wie Liebe, Verantwortung, Vertrauen und Sorge schwer als Rechtsfragen zu formulieren. Man kann nicht alles durch westliche Rechtsregeln zementieren. Wenn man Globalisierung und Lokali-sierung nicht als Gegensätze, sondern als verbundene Ebene versteht, kann daraus als Allheilmittel die »Glokalisierung« entstehen. Diese sprachliche Neuschöpfung, dieses Kofferwort, bringt zum Ausdruck: Jegliches Gesche-hen an einem bestimmten Punkt in der Welt ist von lokal-regionaler und gleichzeitig von global-überregionaler Bedeutung. ...

Das Problem Elektroschrott in der Politik

Alles gerät in die richtigen Bahnen, wenn man nur Geduld beweist. (Volksweisheit) dieser Ratschlag funktioniert in unserem Falle nicht. Wir müssen handeln!

Elisabeth Schreiber wohnt in Berlin-Mitte in der dritten Etage eines Mietshauses der Charité-Straße. Sie hatte die Wohnung nach dem Tod ihrer Mutter zu günstigen Konditionen übernehmen können und sich inzwischen an die gute Lage zwischen Hauptbahnhof und Regierungsviertel gewöhnt. Besonders wichtig war ihr die Nähe zur Bundesgeschäftsstelle des Naturschutzbund Deutschland (NABU), die in derselben Straße unter Hausnummer 3 ihren Hauptsitz hat. Frau Schreiber hatte sich über die Jahre als Journalistin mit Artikeln zu Umweltthemen und zur Entwicklungspolitik einen Namen gemacht. Dabei hatte sie speziell Themen wie *Raus aus der Wegwerfgesellschaft und rein in die Kreislaufwirtschaft* oder *Auf- und Ausbau von Systemen der Kreislaufwirtschaft in Schwellen- und Entwicklungsländern fördern* fundiert und sachlich angepackt. Oft schrieb sie darüber auch im NABU Magazin »Naturschutz heute« . Die 33-Jährige mit profunder journalistischer Ausbildung und akademischem Abschluss strahlte Selbstsicherheit und Kompetenz aus, wenn sie auftrat. Ihr Gesamterscheinungsbild hatte etwas Klösterliches, Strenges an sich. Sie trug nämlich immer nur schwarz. Ihr ebenfalls dunkler Bubikopf relativierte diesen Eindruck ein wenig. Mit diesem Haarschnitt, den ebenmäßigen Gesichtszügen und ihrem sportgestählten Körper wirkte sie gleichzeitig attraktiv und kess. Elisabeth Schreiber war eine beeindruckende Erscheinung.

Man schrieb das Jahr 2020. Inzwischen war es hell geworden. Jeden Tag später im Jahr kam das Tageslicht später hervor. Die Journalistin saß in ihrem Arbeitszimmer am Schreibtisch und schaute sinnierend durch das Fenster in den bewölkten Herbsthimmel. Sie hatte für ein bedeutendes politisches Journal die Aufgabe übernommen, eine kritische Inventur zum Problem Elektroschrott in der EU-Politik und speziell der deutschen Politik vorzunehmen. Der Berg an Elektroschrott war jedenfalls permanent gewachsen. Ihre Ausarbeitung sollte bei aller gebotenen Ernsthaftigkeit satirische Züge aufweisen. Dafür war sie bekannt. In Zeiten der Corona-Pandemie kam ihr das verordnete *Home-Office* sehr zupass.

Elisabeth Schreiber biss in einen Keks und nahm nachdenklich einen Schluck heißen, schwarzen Kaffee zu sich. Zunächst musste sie den Blickwinkel finden, von dem sie sich dem Thema nähern wollte. Wollte sie zeigen, wie einzelne Politiker die gebotene Bühne zur eigenen Profilierung nutzten und um Publikum buhlten? Das war ihrer Meinung nach bei mindestens der Hälfte dieser Staatsvertreter der Fall. Für solche Menschen hatte sie schon einmal bissig Politik nicht zum Beruf, sondern zur Diagnose erklärt. Genüsslich ordnete sie in Gedanken die momentan Mächtigen in die jeweilige Schublade ein. Sie beschloss, das Persönliche eher im zweiten Glied zu belassen und die Komplexität der zu lösenden Probleme in den Vordergrund zu stellen. Sie war entschlossen, dabei durchaus aggressiv daherzukommen. Elisabeth Schreiber hatte von Haus aus ein Faible für satirische Anmerkungen und war für die Absprache mit dem Auftraggeber, Satire einfließen zu lassen, dankbar. Sie entschloss sich, auf einen Vorrat von Aphorismen zurückzugreifen, den sie sich über die Jahre angelegt hatte. Passende wollte sie später in den Text einbauen. Heute war ihr danach, dafür Vorarbeit zu leisten. Sie ging durch ihre digitalen Dateien und übertrug Bonmots, die ihr geeignet erschienen, auf eine Liste. Am Ende speicherte sie diese Spezialsammlung als erstes Arbeitsblatt für den Artikel ab.

Durch eine Bewegung, die sie in den Augenwinkeln wahrnahm, wurde sie abgelenkt. Endlich was Schönes, dachte sie, als sie sich darauf konzen-

trierte. Da flatterte ein Rotkehlchen um die Laterne. Dass sich die possier-
lichen Vögel noch in die Steinwüste verirrten! Bald gingen ihre Gedanken
wieder zu ihrer Aufgabe zurück. Nach längerem Quellenstudium stand
die Idee für die Gliederung des Textes fest: Mit einer Standortanalyse
wollte sie beginnen. Danach würde sie zwei Schwerpunkte setzen. Einen
wollte sie dem ständig anwachsenden Müllexport widmen. Dazu wollte
sie besonders die Regelungen im Basler Abkommen abklopfen. Der zweite
Schwerpunkt galt den gesetzlichen Vorschriften für das Inland. Das Elektrogesetz als deutsche Ausfüllung der EU-Richtlinie für die Elektro- und
Elektronikgeräte-Abfall-Entsorgung (WEEE-Richtlinie) mit all seinen
Novellierungen sollte die Grundlage bilden. Für beide Bereiche hatte sie
einzelne Fallbeispiele im Sinn. Elisabeth Schreiber begann auf ihrem PC,
dieses grobe Gliederungsschema mit Gedanken zu füllen. Sie griff dabei
auf ihren Quellenfundus zurück und arbeitete so konzentriert, dass die
Welt um sie herum völlig aus ihrer Beobachtung entschwand.

Als Zeitrahmen für die Erledigung dieses Auftrags hatte sie anderthalb
Wochen angesetzt. Um diesen Termin einzuhalten, griff sie auf eine
Freundin bei NABU zurück, die sich angeboten hatte, ihre Rohentwürfe
schon parallel kritisch zu lesen und zu kommentieren. Das würde ihr eigenes Korrekturlesen verkürzen und eine Zweitmeinung einbringen. Wenn
Magda Schulz bereits Teilstücke zu lesen bekam, konnten ihre Kommentare auch Einfluss auf die ausstehenden Teile nehmen. Elisabeth Schreiber
war für diese Möglichkeiten sehr dankbar. Sie ging bei der Ausarbeitung
keine Kompromisse ein, arbeitete gründlich und blieb im Zeitrahmen.
Magda Schulz erwies sich als große Hilfe. Als Elisabeth den Artikel endlich für gut befand, hatte sie ihn selbst noch fünfmal gründlich gelesen
und einzelne Stellen nachjustiert. Es war wie eine Befreiung, als sie ihn
in endgültiger Form an das Journal zur Versendung brachte:

Dass vieles auf der Welt nicht rundläuft, ist eine Tatsache. Die Menschheit
hat Mutter Erde krank gemacht. Der Globus wehrt sich mit allen Mitteln.
Klima- und Umweltkatastrophen, Epidemien und Sterben von Fauna und

Flora reihen sich in immer kürzerer Abfolge aneinander. Es gilt die Probleme im Detail zu analysieren und nach Abhilfe zu suchen.

Es nutzt nicht, auf den Tisch zu hauen, das schadet nur dem Tisch.
(Willy Brandt)

Trotzdem: Es geht um Weltschutz! Umweltschutz ist ein Teil davon. Wir ersticken im Müll, und Elektroschrott gehört dazu. Dazu eine erste Analyse: In den unzähligen Elektrogeräten, die unser tägliches Leben begleiten, werden Unmengen metallische Rohstoffe verbraucht und oftmals sogar vergeudet. Zinn, Kupfer, Nickel, Zink, Eisen und Blei. Titan, Wolfram, Magnesium, Chrom, Lithium, Bauxit, Kobalt, Gold, Silber, Platin. ...

Raubbau an diesen knappen Schätzen trifft irgendwann unseren Lebensnerv. Diese Erkenntnis muss in unser Bewusstsein rücken. Sie wird viel zu oft nach dem Motto verschwiegen:

Je weniger die Leute davon wissen, wie Würste und Gesetze gemacht werden, desto besser schlafen sie. (Otto von Bismarck)

Die mit diesem Verhalten verbundenen negativen Folgen sind weit mehr als eine Verknappung der Wertstoffe. Bei ihrem weiteren Abbau geschehen immer öfter tödliche Unfälle, weil es ständig schwieriger wird, sie zutage zu fördern. Wasser wird verschwendet und mittlerweile weltweit gesehen schon knapp. Giftige Schwermetalle, die freigesetzt werden, machen Mensch, Tier und Pflanzen krank und kontaminieren die Luft und das Grundwasser. Die für unsere Konsumgier benötigten Ressourcen oder deren finanzieller Ertrag werden ungerecht verteilt, was das folgende Beispiel belegt: Die Bevölkerung in Deutschland beansprucht für 100 Personen 69 PKWs, Guinea nur 0,3. Dabei kommt das zur Fertigung von Fahrzeugen dringend benötigte Bauxit hauptsächlich aus Guinea. Trotz der Ausbeutung seiner Bodenschätze ist Guinea kein reiches Land geworden.

Wie die anderen armen Länder wurde es lediglich von den Industrieländern mit modernsten Abbaumethoden überzogen. Es entstanden dabei im Land nur wenige Arbeitsplätze. Der Abbau von Bauxit machte zwar mehr als 50 Prozent der Exporte aus, brachte aber nur knapp sieben Prozent für den Staatssäckel. Wenn die Abbaustätten ausgebeutet sein werden, werden unsanierte Altlasten zurückbleiben. Guinea wird Verlierer in dem unseligen Spiel sein. Zunächst saß es trügerischen Versprechen auf:

Politik ist das Paradies zungenfertiger Schwätzer. (George Bernard Shaw)

Darum stützten die Politiker Guineas die Ausbeutung sogar mit staatlichen Subventionen. Am Schluss wird der erzielte Ertrag nicht ausreichen, die Umweltschäden zu beheben. Guinea gegen den Rest der Welt: 1:2!

Diese traurige Welt bekleidet den, der schon bekleidet ist, und entblößt den Entblößten. (Pedro Calderón de la Barca)

Die Erfahrung ist wie eine Laterne im Rücken; sie beleuchtet stets nur das Stück Weg, das wir bereits hinter uns haben. (Konfuzius)

Deshalb nimmt es nicht wunder, wenn sich dieses unfaire Rollenspiel immer wiederholt: Im Jahr 2017 verbrauchten deutsche Autos über 46 Millionen Liter Treibstoff. Der Verbrauch an Erdöl, das statistisch in absehbarer Zeit knapp sein wird, wenn wir so weiter mit ihm aasen, wird durch eine Antriebswende hin zum E-Motor nur auf den ersten Blick entschärft. Rohstoffe wie Lithium, seltene Erden und Kobalt werden stattdessen wieder im Verbrauch zulasten der Herkunftsländer dramatisch zunehmen und bald ebenfalls knapp werden.

Erfahrung ist ein Arzt, der erst nach der Krankheit kommt. (Volksweisheit).

Ihr Abbau wird heute schon immer risikoreicher, immer tiefer im Boden vorgenommen, und sogar Tiefseeabbau findet statt! Mehr Chemikalien und Wasser werden eingesetzt. Was war doch Werner von Siemens für ein honorigen Unternehmer:

»Für augenblicklichen Gewinn verkaufe ich die Zukunft nicht.«

Derweilen erhöhen Zukunftstechnologien, die hinzukommen, noch zusätzlich die Nachfrage nach solchen Wertstoffen. Allein die (nötige?) Vernetzung der Haushaltsgeräte in Europa frisst 70 Terawattstunden zusätzlichen Strom. Ich kann mich noch an die Zeit erinnern, als Apple und BlackBerry nur Früchte waren! Die Politik gestattet zur Potenzierung dieses Dilemmas auch noch Fehlanreize: Der Preis von Neugeräten sinkt, von 1991 bis 2017 um 34 Prozent!

In Deutschland wurden in zehn Jahren immerhin 219.300.000 Smartphones verkauft. Bis zu 40 Prozent davon nur deswegen, weil aktuelle Software und Hardware für alte Geräte nicht mehr kompatibel waren.

Die Politik steuerte nicht gegen. Wir haben (stattdessen) von allem immer mehr. In immer schlechterer Qualität. Fernsehprogramme, Biersorten, Politiker (die dafür die Weichen stellen) ... (Thomas Pfitzer)

Die deutsche Politik spielt in diesem Orchester mit: Unser Land ist zwar nur ein Fliegenschiss auf der Weltkarte, aber es produziert ungebremst einen überproportionalen Teil des weltweiten Elektroschrotts. Und nur 35 bis 40 Prozent davon werden zur Wiederverwendung recycelt. Mir fällt dazu das Lied von Tim Bendzko ein:

Nur noch kurz die Welt retten!

Wie reagiert die Weltpolitik auf diese Tragödie? Schauen wir uns deren wohl wichtigste Maßnahme an: das Basler Abkommen. Ab März 1989 wurde von hundertfünfzehn Staaten aus allen Erdteilen der Welt ein Abkommen ausgehandelt. Man nannte es die Basler Konvention.

Die Zeit zum Handeln war längst reif. Die ständig anwachsenden Giftmüllexporte, speziell im Elektroschrott, mussten weltweit verboten, wenigstens eingeschränkt oder kontrolliert werden. Während der Siebzigerjahre war die Müllschieberei in andere Kontinente erfunden worden.

Man wusste im eigenen Land nicht mehr, wohin mit dem Müll. Die Entsorgung dort war zu kostspielig geworden. Erst am 5. Mai 1992 trat das Abkommen in Kraft.

Wir machen alles, entweder übermorgen oder später oder überhaupt nicht.
(Unbekannt)

Verwaltungsangestellte und Beamte waren die Träger des Verhandlungsprozesses.

Beamte sind eben für Eingaben zuständig, nicht aber für Eingebungen.
(Unbekannt)

Böse Zungen sagen:

Lasst doch die Beamten in Ruhe, die machen doch gar nichts! (Unbekannt)

Die Bundesrepublik Deutschland gehörte zu den Unterzeichnern der Konvention und wollte sogar Vorreiter werden! Der weltgrößte Produzent, auch von Elektroschrott, die Vereinigten Staaten von Amerika, traten dem Abkommen erst gar nicht bei. Eine Hoffnung bleibt trotzdem:

Amerikaner tun am Ende immer das Richtige. Nachdem sie vorher alle anderen Möglichkeiten ausprobiert haben. (Winston Churchill)

Es gibt also noch Hoffnung, und bekanntlich stirbt die zuletzt.

Die Zeit raste dahin, eine deutliche Wirkung des Abkommens blieb aus: Noch 2019 wurden nur 17,4 Prozent des weltweiten Elektromülls gesammelt und ordnungsgemäß recycelt. 44,3 Millionen Tonnen mit einem Wert von 57 Billionen US-Dollar wurden immer noch als Bodenaufschüttung entsorgt, verbrannt oder illegal ins »Nirgendwo« exportiert. Das »Nirgendwo« lag in den armen Ländern, die über kein sachgerechtes Recycling-Management verfügten. Die Staatengemeinschaft verhielt sich gegen das vereinbarte Abkommen, dem sich immerhin 71 Prozent der Weltbevölkerung verpflichtet hatten. »Selbst wer als Verbraucher seinen Müll brav zum kommunalen Werkhof oder zum Händler bringt, kann nicht sicher sein, dass der Elektroschrott ordnungsgemäß in Einzelteile zerlegt, recycelt wird oder Schadstoffe entfernt werden«, sagte Dr. Jaco Huisman, der wissenschaftliche Leiter der Studie von CWIT (*Countering Waste Electronical and Electric Equipment Illegal Trade*). Auftraggeber der Forschungsarbeit waren Unterorganisationen der Vereinten Nationen und Interpol.

Das Schicksal des Menschen ist (eben) der Mensch. (Bertolt Brecht)

Dieser unhaltbare Zustand sollte wenigstens als Warnruf in die Köpfe gehämmert werden: Mittwoch, der 14. Oktober wurde (als Minimalergebnis) zum International E-Waste-Day erklärt! Doch Deklarationen verhindern keinen Stillstand. Taten müssen folgen!

Es ist zwar nicht so, als hätte sich gar nichts bewegt. Das zeigen Bemühungen in Deutschland: Der Hamburger Hafen, Deutschlands größter Container-Umschlagplatz, wird von vielen Reedereien im Liniendienst zwischen Europa und Afrika genutzt. Hier gehen die Containerschiffe auf die 7800 Kilometer lange Reise von Hamburg bis zum ghanaischen Hafen Tema. Von dort ist es nur noch eine halbe Stunde Fahrzeit mit dem Lastwagen bis zur berüchtigten Deponie Agbogbloshie in Accra. Die Hamburger Hafenpolizei und die Steuerbehörde versuchen, so viele Container wie möglich vor diesem Weg zu prüfen, doch ihre zu dünne Personaldecke setzt schnell Grenzen. Dabei kennen die Beamten die gesetzlichen Regeln genau: Defekte Elektronik darf nicht in Länder mit niedrigen Umwelt- und Arbeitsstandards exportiert werden! Das wird der Müll aber, bis heute en masse! Bei den Geräten kommt es darauf an, dass sie mindestens ihre Hauptfunktion noch erfüllen, so sagt die Vorschrift. Ist aber ein alter Herd, bei dem vier Kochplatten heiß werden, aber der Backofen kalt bleibt, in diesem Sinne intakt? Das und Ähnliches bleibt den Ermittlern unklar. Die Entscheidung fällt schwer, da verlässt man sich lieber auf Prüfsiegel. Die stellen Elektriker nach einer Blitzüberprüfung schon für zwei Euro pro Gerät aus. Diese Siegel beruhigen das Gewissen der Beamten nicht. Vielmehr schieben sie Frust mit dem Wissen, dass in Ghana, einem Land, welches ebenfalls dem Basler Abkommen beigetreten ist, nach wie vor nicht überprüft wird, ob ein ankommendes Gerät funktioniert. Dafür gibt es keine gesetzliche Bestimmung im Land. Auch ein Prüfsiegel kennt man dort nicht. Zur Not bleibt die Ausrede, das Gerät wurde intakt exportiert und erst auf hoher See beschädigt. In Wahrheit funktionieren die meisten Geräte, die ankommen, aber schon bei Transportbeginn nicht. Wenn ein Gesetzesverstoß nicht mehr abzustreiten ist, hilft ein Bakschisch, und alles geht seinen Weg. ...

Auch die Wasserschutzpolizei kontrollierte den Inhalt von Containern. Auf dem Gelände einer Spedition im Stadtteil Wilhelmsburg hatte der Wasserschutzpolizist Herbert Blase seit Langem mal wieder ein Erfolgserlebnis. Das kam selten genug vor. Sein Bauchgefühl hatte ihn einen Container auswählen lassen, der wiederum nach Ghana gehen sollte.

Die erste Prüfungsmaßnahme betraf das Gewicht des Containers. Der wurde von den Beamten gewogen und das festgestellte Gewicht mit dem in den Frachtpapieren verglichen. Der Container war viel schwerer als deklariert. Die Beamten verlangten von den Speditionsmitarbeitern, ihn zu öffnen und zu entleeren. Schon in der dritten Lage fand sich verbotenerweise gepresster Elektroschrott mit normalen Metallteilen versetzt. Durch den Pressvorgang war das höhere Gewicht zustande gekommen. Die Spedition berief sich darauf, korrekt in Stichproben geprüft zu haben. Verantwortlich sei sowieso das exportierende Unternehmen. Dessen Ausreden reichten nicht, um ein Verfahren niederzuschlagen, reduzierten die Strafe jedoch auf ein erträgliches Bußgeld. Die Schuldigen dachten zufrieden: also weiter so!

Aus dem Industriegelände Hamburger Billstraße gehen viele Gebrauchsgegenstände, die keiner bei uns mehr haben will, über die Kaikante nach Afrika. Nur mit Arbeitshandschuhen und Overalls mögen die Beamten diese »Exportgüter« kontrollieren. Es dauert über drei Stunden, bis Arbeiter einen Container zur Überprüfung geleert haben. Dass anderes, als im Frachtbrief beschrieben, zutage kommt, schockt längst niemanden mehr: Secondhandmöbel und intakte Elektrogeräte sind jedenfalls kaum darunter. Plastikstühle, mit nur drei Beinen, verschimmelte und verfleckte Polstermöbel sowie Schrottgeräte sind zur Tarnung nur mit einigen intakten Geräten bedeckt. Für das meiste der Füllung zieht die Begründung nicht, die Afrikaner kaufen lieber Gebrauchtes aus Deutschland als Ramsch aus China. Der Export ist und bleibt illegal, und Bananen sind eigentlich auch in Afrika das einzige legale krumme Ding. Drei Stunden Überprüfung für einen Container machen klar, wie viele Container ungeprüft und verbotenerweise auf die große Reise gehen. …

Im Mai 2019 initiierte der deutsche Entwicklungsminister die internationale Abfall-Allianz PREVENT. Mit ihr sollte der Auf- und Ausbau der Kreislaufwirtschaft in armen Ländern gefördert werden. Accra in Ghana mit seiner Schmuddel-Deponie gehörte mit 5 Millionen Euro Förderung dazu. Große Firmen wie Nestlé und Coca-Cola stiegen mit Sponsorengeldern ein. Sie zogen sich die Tarnkappe der Umweltschützer über, um von ihrem eigenen immensen Verpackungsmüll abzulenken.

Die an den Exporten beteiligt waren, wussten, welche Umwelt- und Gesundheitsprobleme die Lieferungen im Empfängerland auslösten. Für sie lag das Geschäft in der billigen Entsorgung. Vieles landet noch immer im Höllenfeuer von Agbogbloshie, das permanent stinkt und giftig brennt.

Gedankenlosigkeit tötet andere. (Stanisław Jerzy Lec)

Wir (in den reichen Nationen) neigen dazu, Erfolg eher nach der Höhe unserer Gehälter oder nach der Größe unserer Autos zu bestimmen als nach dem Grad unserer Hilfsbereitschaft und dem Maß unserer Menschlichkeit.
(Martin Luther King)

Nur noch kurz die Welt retten fällt mir wieder dazu ein. …

Auch innereuropäisch waren seit dem Jahr 2015 Optimierungsmaßnahmen angelaufen: Eine Expertengruppe wurde ins Leben gerufen, die die Politik in den 28 EU-Mitgliedsstaaten beobachten und verfahrensrechtliche und technische Lücken aufdecken sollte. Die Europäische Kommission, die Strafverfolgungsbehörden und Zollorganisationen durften auf Vorschläge hoffen, wie die Kontrollen des illegalen Handels optimiert werden könnten. Die Experten schlugen Maßnahmen vor, die zwar einleuchteten, eigentlich aber selbstverständlich waren: Strafermittlungs- und Verfolgungsbehörden müssten besser ausgebildet, personell verstärkt und international vernetzt werden. Vor allem aber rieten sie den EU-Staaten, sich auf einheitliche Richtlinien zu verständigen. Der Weg zur Vereinheitlichung scheint aber zu schwer zu sein, da man damit noch immer am Anfang steht. Denn:

In der Politik gibt niemals der Klügere nach, sondern immer der Schwächere. (Loriot) Und der will keiner sein.

Jahre sind inzwischen ins Land gegangen. Trotzdem werden laut Interpol immer noch nur 0,5 Prozent aller Fehltritte geahndet. Wir sind aber keine Zeit-Millionäre! *Wenn dir jemand sagt:*

»Die Zeit heilt alle Wunden«, hau ihm auf die Fresse und sag: Ist gleich wieder gut!« (Unbekannt)

Das Fazit ist trostlos: Die Abfallverbringungsverordnung der EU 1013/2006 hat die Regeln für eine Ausfuhr von Elektro(nik)altgeräten in Drittländer verbal zwar deutlich verschärft, aber nicht verhindert, dass diese Exporte weiterhin stattfinden. Die genannten Umgehungsmöglichkeiten sorgen dafür. So besticht die Verordnung nur durch die Länge ihres Namens, nicht aber durch Wirkung.

Die EU ist als Instrument zur Lösung von Problemen geschaffen worden, aber viele Menschen haben den Eindruck, sie ist eher Teil des Problems denn der Lösung. (Martin Schulz)

Von mindestens gleicher Wichtigkeit sind die geordnete Rücknahme und Entsorgung von Elektrogeräten im Inland.

Bereits in den neunziger Jahren gab es politische Anstrengungen, für Deutschland eine Elektroaltgeräteverordnung zustande zu bringen. Das scheiterte jedoch an wechselnden Machtverhältnissen in Bundestag und Bundesrat. Als man erkannte, dass Brüssel eine EU-weite Regelung anstrebte, beschloss man abzuwarten. Aussagen wie »Dafür bin ich nicht zuständig. Ich werde Ihre Anfrage aber weiterleiten!« wirkten wie ein Feigenblatt. ...

Seit dem Jahre 2002 gab es dann die EU-Richtlinie 2002/96/EG für die Elektro- und Elektronikgeräte-Abfall-Entsorgung. Sie verpflichtete die Mitgliedsländer dazu, bis zum 13. August 2004 nationale Gesetze zu verabschieden und ein geordnetes Rücknahmesystem einzuführen. Auf die Gemeinschaft kam für die Behebung des ungeordneten Müllbergs ein riesiger Berg an Papier aus den nationalen Bürokratien hinzu.

Bei der nächsten Sintflut wird Gott nicht Wasser, sondern Papier verwenden. (Romain Gary)

Das bürokratisch produzierte Papier konnte aber leider nicht selbst arbeiten! Schon Honoré de Balzac zeigte über die Bürokratie sein Missbehagen an:

Es gibt nur eine einzige von Zwergen bediente Riesenmaschinerie, und das ist die Bürokratie.

Und Abraham Lincoln kommentierte sarkastisch den Werdegang von Bestimmungen:

Ausführungsbestimmungen sind Erklärungen zu den Erklärungen, mit denen man eine Erklärung erklärt.

Im Jahr 2015 hatten immer noch nur zwei Drittel der EU-Länder die Vorgaben umgesetzt. Man konnte meinen:

Was aus den EU-Besprechungen herauskam, sind einzig die Leute, die hineingegangen waren!

In Deutschland trat das Elektrogesetz (ElektroG) bereits 2005 in Kraft. Auch bei uns gelang nicht auf Anhieb der große Wurf. Deutschland musste immer wieder nachjustieren und steht zurzeit vor der Entwicklung des ElektroG3! Die Notwendigkeit von Novellierungen sollte jedoch nicht nur dem fehlenden Sachverstand der Verantwortlichen angelastet werden. Die neuen Technologien machten Gesetzesänderungen ebenso notwendig. Auch war die Materie so komplex, dass sie in Gesetzestexten schwer abschließend zu regeln war. Schlupflöcher wurden erst im praktischen Gebrauch sichtbar. *Learning by Doing* wurde der einzig gangbare Weg.

Die Definition dessen, was elektrische oder elektronische Geräte sind, war schon allein eine Herausforderung. Erst seit Mai 2019 zählen beispielsweise auch »passive« Geräte dazu. Das sind Kabel, Antennen, Schalter, Stromschienen und Sicherungen. Die Gruppen für Gerätetypen wurden zunächst als abschließend geregelt betrachtet. Mittlerweile wird die Geräteliste als Anhang zum Gesetz nur als beispielhaft angesehen. Wenn ein Gerät in der Übersicht nicht zu finden ist, muss nun eine neue Feststellung beantragt werden. Die Stiftung EAR (Stiftung Elektro-Altgeräte-Register) hat zwar seit Aufnahme ihrer Tätigkeit Tausende Feststellungen hinsichtlich der Einstufung bestimmter Geräte vorgenommen, in der Bundesrepublik wurde aber auf dieser Basis bisher kein Gerätekatalog publiziert. Dies hat man in einigen anderen EU-Mitgliedsländern längst getan, beispielsweise in Österreich.

Treffen Einfalt und Gründlichkeit zusammen, entsteht Verwaltung.

(Oliver Hassencamp)

Die Einzelklärung verursachte den Registrierungspflichtigen in Deutschland immense Kosten.

Wenn man zudem alle Gesetze studieren wollte, so hatte man gar keine Zeit, sie zu übertreten, (Johann Wolfgang von Goethe)

Wie Geräte in den Verkehr gebracht werden dürfen, wie sie zurückgenommen und entsorgt und recycelt werden müssen, wurde geregelt, genau wie die Vermeidung des Eindringens von Gefahrstoffen des Elektroschrotts in den Hausmüll.

Dem Verursacherprinzip wurde bei der Übertragung von Pflichten große Bedeutung zugeordnet. Die Strafen bei Verstößen und deren Höhe wurden festgesetzt. Immerhin definierte man Bußgelder bis zu 100.000 Euro.

Alle geregelten Bereiche wiesen im Praxistest Lücken auf, und die Bundesregierung reagierte darauf oftmals: *too little and too late!* Das Anpassen von Richtlinien und Gesetzen ist aber eine politische Aufgabe! Unser Parlament ist wegen Überhangmandate stark besetzt. Gewinnt dadurch Churchills Satz in unserem Land besondere Bedeutung?

Am faulsten sind die Parlamente, die am stärksten besetzt sind.

Hersteller, Importeure sowie beim Direktvertrieb auch ausländische Anbieter mussten sich nun bei der EAR für alle Marken und Gerätearten registrieren, um sie in Deutschland zum Kauf anbieten oder in Verkehr bringen zu dürfen. Die Gerätekategorien B2C für Privathaushalte und B2B für gewerblich genutzte Geräte wurden eingeführt.

B2C-Geräte verlangen Hinweise zur Verwertung und Entsorgung und eine insolvenzsichere Garantienachweispflicht. Für B2B-Geräte gab es eine besondere Registrierungspflicht mit dem Nachweis über die ausschließlich gewerbliche Verwendung. Ein Vermerk zur Entsorgungspflicht entfiel. Nicht zu vermeiden war, dass Geräte in beiden Bereichen eingesetzt werden konnten. Die wurden »vereinfachend« im Bereich B2C eingestuft. Je nachdem, wie die Geräte wirklich genutzt wurden, führten die durch die Zuordnung geforderten Pflichten zu Ärgernissen.

Die Registrierung und deren Kontrolle gingen mit enormem Verwaltungsaufwand einher: Wurden Elektro- oder Elektronikgeräte an Nutzer im europäischen Ausland vertrieben, mussten in den verschiedenen Ländern die dort in Gesetzen umgesetzten WEEE-Lösungen befolgt werden.

Mit WEEE2 und dem ElektroG2 sowie mit dem European WEEE Registers Network (EWRN) sollte die Harmonisierung der Anforderungen in der EU als Grundlage der nationalen Gesetzgebung vorangetrieben werden. Das steht jedoch noch immer aus.

Die Kette der zu verpflichtenden Anbieter war damit längst nicht zu Ende. Die Notwendigkeit von Kontrollen und der Anstieg der Kosten wuchsen weiter: Ausländische Anbieter in Deutschland mussten hier eine Niederlassung gründen oder einen Bevollmächtigten vorhalten. Händler wurden selbst zu registrierungspflichtigen Herstellern, wenn sie unregistrierte Geräte zum Kauf anboten.

Die Regelung der Rücknahme von Altgeräten bot besonders viele Schlupflöcher: Nur große Händler mit mindestens 400 Quadratmeter Laden-, Lager- oder Versandfläche müssen Altgeräte zurücknehmen und auf eigene Kosten entsorgen lassen. Für kleine Geräte (bis 25 Zentimeter Kantenlänge) gilt das unabhängig von einem Neukauf, für größere Geräte nur bei Neukauf eines Geräts der gleichen Art. Testbesuche zeigten, dass viele Händler die Rücknahme verweigerten, erschwerten oder gesetzeswidrig nicht darüber informierten. Die Bürokratie verlangt begleitend ein weiteres Reportingsystem.

Bei Verkauf ins europäische Ausland mussten spezielle, den Ländern entsprechende WEEE-Lösungen nachgewiesen werden.

Von der Wiege bis zur Bahre, Formulare, Formulare!

Die Rücknahme von Altgeräten funktionierte eigentlich in Deutschland vor der WEEE-Lösung schon recht gut.

Die Unternehmen waren dabei mit weniger Verwaltungsaufwand und Kosten belastet. Das alte System ist nie ganz abgeschafft worden. Deshalb haben sich seit Inkrafttreten des Elektrogesetzes parallele Sammelstrukturen etabliert.

Die Balance zwischen dem, was in Brüssel und was auf nationaler Ebene entschieden wird, hat sich auf ungute Weise verschoben. (Edmund Stoiber)

Eine europaweite Harmonisierung der Prozesse und Anforderungen wird zwar angestrebt, ist jedoch bisher nicht absehbar.

Die Majorität hat viele Herzen, aber ein Herz hat sie nicht.

(Otto Fürst von Bismarck)

Wir müssen ein trauriges Fazit ziehen: Im Jahr 2020 weist unser System in Deutschland immer noch erhebliche Mängel auf, und zwar im Großen wie im Kleinen. Die deutsche Gesetzgebung wird im Vergleich zu der anderer EU-Länder als bürokratisch und kostenintensiv kritisiert. Der politisch gewollte freie Wettbewerb unterschiedlicher Entsorger und Garantiegeber ist dafür mitverantwortlich. Auch die Vorgaben der Stiftung EAR mit zeitaufwendigen, administrativen Abläufen und Dokumentationspflichten hat ihren Anteil daran.

Das ElektroG3 wird gemäß Sitzung |des Bundestags vom 17. September 2020 Hersteller von B2C-Produkten auch noch verpflichten, jährlich Informationen über die Erreichung der im Gesetz geforderten Sammelquote von 65 Prozent und die vorgegebenen Verwertungsquoten zu veröffentlichen.

Die finanziellen Garantien müssen jährlich aktualisiert werden, eine detaillierte Statistik wird auch dafür gefordert. Das meiste davon soll über ein komplexes Onlineportal abgewickelt werden. Hersteller müssen ihren Status und den ihrer Produkte regelmäßig von der Stiftung EAR überprüfen lassen. Das erscheint praxisfremd und oftmals unnötig, vom erheblichen Verwaltungsaufwand ganz zu schweigen! Betroffene ziehen es immer öfter vor, mit der Gefahr von Bußgeldern und Abmahnungen zu leben.

Bisher war der Bürger durch die Trägheit der Bürokratie vor vielen Übergriffen des Bürokratismus geschützt. Jetzt kommt der Computer und macht das alles in Millisekunden. (Konrad Zuse)

Den Titel »Müllbewältigungsweltmeister« hat Deutschland längst verspielt. Schon für das Jahr 2018 gab die EU eine Sammelquote von 45 Prozent vor, und die wurde in Deutschland mit nur 43,1 Prozent verfehlt. Inzwischen verlangte man 65 Prozent und Deutschland schaffte die 45 Prozent immer noch nicht. Vor allem kleinere Altgeräte werden aus Bequemlichkeit im Hausmüll entsorgt. Aber die Bundesrepublik erklärt, sie wolle den Ressourcenverbrauch bis 2050 um den Faktor zehn senken! Einzelbeispiele entlarven diese Zielsetzung als l'art pour l'art:

Im Jahr 2019 wurde zwar erstmals die Verkaufszahl von einer Million Elektroräder überschritten, viel zu wenige E-Bike-Batterien kamen jedoch zurück in den Recyclingprozess. Inzwischen sind E-Roller hinzugekommen. Mit ihren Akkus läuft es nicht besser. Ständig steigt die Zahl der alten Batterien und Akkus, allen voran die Zahl der Lithium- und Ionen- Batterien, und das ohne Recycling. Der Ressourcenverbrauch wurde dadurch weiter angeheizt. Für Lithium und Kobalt gibt es, trotz eintretender Verknappung, trotzdem kein Abbauverbot. Man braucht den fortlaufenden Abbau, denn die Kreislaufwirtschaft funktioniert eben nicht.

Die Bundestagsfraktion der Grünen revidierte den Zeitpunkt für das Ziel: »Wir wollen raus aus der Wegwerfgesellschaft und rein in die Kreislaufwirtschaft« und nennt nun das Jahr 2050 als realistisches Datum. Ein Nachhaltigkeits-TÜV für alle Gesetze wurde gefordert.

Geduld ist eine gute Eigenschaft. Aber nicht, wenn es um die Beseitigung von Missständen geht. (Margaret Thatcher) »Unsere Erde ist krank, das macht kein gesundes Leben auf ihr möglich!« Das beschwor derweilen ohne große Folgen der Bericht der EU-Umweltagentur.

Ein Wirtschaftskongress produzierte eine weitere Sprechblase: *Das Ende vom Müll, Altprodukte als Rohstoff!*

Viele Altgeräte werden noch im Haushalt gehortet: 199 Millionen alte Handys lagen 2020 noch in deutschen Schubladen. Jetzt »*Handys für die Umwelt*« mit der Deutschen Umwelthilfe sammeln war eine mehr oder weniger erfolgreiche Aktion dagegen. Mobiltelefone enthalten immerhin mehr als 40 chemische Elemente!

Für die gewerbliche Sammlung sowie die weitere Zwischenlagerung, den Transport und die Verwertung aus Privathaushalten sind Genehmigungen erforderlich.

Sie müssen schlussendlich an öffentlich-rechtliche Entsorgungsträger gehen. Fahrende Schrotthändler nehmen aber weiterhin illegale Sammlungen vor. Sie plündern die wertvollen Edelmetalle und andere Wertstoffe aus den Geräten, und erst der Restmüll gelangt über Umwege wieder in den Altgeräteumlauf, wird illegal exportiert oder verbrannt. Es werden sowieso immer noch viel zu viele Wertstoffe verbrannt. Duldet man das etwa politisch, weil in der Bundesrepublik der Bedarf an Müllverbrennungsanlagen mehr als gedeckt ist und diese nach Auslastung schreien? Für die benötigte Auslastung wird inzwischen sogar Müll importiert! Wäre die Mutmaßung der Duldung richtig, so hätte Machiavelli wieder einmal recht:

Politik und Moral sind zwei verschiedene Dinge.

Für die öffentlich-rechtlichen Entsorgungsträger gibt es noch ein Sonderrecht, das so unnötig ist wie ein Kropf: Sie dürfen bestimmte Sammelgruppen aus der Abholung zeitweilig ausnehmen, um sie selbst zu verwerten. Das tun sie gerne bei besonders lukrativen Gruppen und betreiben damit Rosinenpicken und belasten die Hersteller kostenmäßig, weil die so erzielten Erträge mit anfallenden Recyclingkosten nicht verrechnet werden. Ein Lichtblick ist die gesetzliche Regelung gegen die Vernichtung von Retouren durch die Onlinehändler. Für sie besteht nun eine Obhutspflicht. Die Retouren müssen gebrauchsfähig bleiben und dürfen nicht in den Müll. Die verordnete Dokumentationspflicht, was wirklich mit den Produkten geschieht, produziert allerdings erneut erheblichen Aufwand.

Und nun im Kleinen: Die Regelungen in den verschiedenen Produktbereichen wurden für neue Technologien nicht angepasst: Flachbildschirmfernseher haben Röhrengeräte weitgehend ersetzt. Es ergaben sich andere Rücklaufquoten und Nutzungsdauern. Bis heute werden beide Gerätetypen gemeinsam gesammelt und recycelt. Was nicht zusammengehört, wird zusammengehalten! Das trifft auch für Monitore im IT-Bereich zu. Der Innovation in der Beleuchtungstechnik hat man ebenfalls nicht Rechnung getragen: Gasentladungslampen oder Lampen mit Glückfäden wurden durch LED-Lampen ersetzt, werden aber, trotz großer Unterschiede, gemeinsam entsorgt und erst hinterher kostenintensiv getrennt. Die vermeintlich ökologischere Technik wird durch hohe Entsorgungskosten für die Hersteller bestraft und hinterlässt sogar noch Sondermüll.

Die Geräte, die in den Verkehr kamen, hatten immer kürzere Nutzungsdauern, unter anderem, weil sie nicht mehr reparabel waren. 2019 forderte die Fraktion der Grünen deshalb (bisher ergebnislos), das Recht und die Möglichkeit von Reparatur zu verlangen. Bereits im Jahre 2018 wurde beanstandet, dass die Ökodesign-Richtlinie der EU keine deutlichen Reparaturstandards und garantierte Verfügbarkeit von Ersatzteilen enthielt, und diese Kritik war schon eine Wiederholung!

Für die Veranlagung der Rücknahme- und Verwertungspflichten von B2C-Herstellern erwies sich die Kalkulation der Anzahl, der Abholorte und der effektiv zurückzunehmenden Gewichtsmengen als vorab kaum einschätzbar. Immer wieder traten innerjährig unvorhersehbare Schwankungen der notwendig werdenden Abholungen ein. Despektierlich spricht man von Container-Lotterie. Das Kostenrisiko blieb bei den Verpflichteten, was verständlicherweise Widerstände aufkommen ließ.

Der Ansatz, Selbstverpflichtungen der Ämter, Behörden und Unternehmungen des Bundes, Großaufträge und -einkäufe nur an umweltfreundliche Hersteller zu vergeben, erwies sich nach einem kritischen Blick auf die Details als suboptimal. Aspekte wie: Wie viel Energie muss für das Produkt aufgewendet werden? Entstehen klimaschädliche Emissionen? Kommen die Ressourcen dafür aus intakten Strukturen? Sind die Transportwege vertretbar? Lassen sich die Käufe später recyceln?, fanden bei der Vergabe von Aufträgen kaum Berücksichtigung. Mit den Worten eines deutschen Autors lässt sich ein trauriges Fazit ziehen:

In der Politik gibt es mehr Schrankenwärter als Weichensteller.

Oder: Wie läuft's auf dem Dienstweg? Es geht. (Klaus Klages)

In dieser Form machte sich der Artikel auf den Weg zum Auftraggeber. Die Verfasserin »verursachte« dies mit Erleichterung und zog sich über ihre Kopfhörer das passende Lied dazu rein:

Ich wär so gern dabei gewesen,
doch ich hab viel zu viel zu tun.
Lass uns später weiterreden.
Da draußen brauchen sie mich jetzt,
die Situation wird unterschätzt.
Und vielleicht hängt unser Leben davon ab.
Ich weiß, es ist dir ernst.
Du kannst mich hier grad nicht entbehren,
nur keine Angst, ich bleib nicht allzu lange fern,
muss nur noch kurz die Welt retten. ...

Inzwischen war es dunkel geworden. Das Haus lag still da, und die Straße war menschenleer. Elisabeth Schreiber schaute aus dem Fenster. Am Himmel stand der Vollmond und wachte über ihre Stadt. Sie trank eine heiße Tasse Baldriantee und fühlte sich danach bettschwer. Doch anstatt einzuschlafen, lag sie noch lange im Bett und starrte an die Zimmerdecke. Sie sinnierte über das geballte Unrecht in der Welt. Ihre Nachforschungen für den Artikel hatten in ihr Spuren hinterlassen. Es gab zwar für alles Gesetze, doch ihr Instinkt sagte ihr, dass die Gleichung mit ihrer Hilfe niemals aufgehen würde. ...

Ein Fazit für die Bundesrepublik Deutschland

Eine Verbesserung oder wenigstens eine Minderung der Probleme, welche die Elektro- und Elektronikindustrie aufwerfen, erscheint nur erreichbar, wenn die Ausgangslage das zulässt, intellektuelle Kapazität frei ist für entsprechende Überlegungen und natürlich ein genügender Finanzrahmen, viel Geld also, zur Verfügung steht.

Ende des Jahres 2020 hielt Deutschland Rang zehn im Umwelt-Index der Länder (Environmental Performance Index, EPI).

Mit diesem Index soll die ökologische Leistungsbilanz der Staaten beschrieben und verglichen werden.

Der Fachbereich Environmental Sustainability der Yale Universität entwickelte ihn auf der Methodik der Nutzwertanalyse.

Fünf verschiedene EPI-Ergebnisse werden seither für jedes Land ermittelt:

1. *Umweltsysteme (Zustand von Luft, Boden und Wasser)*
2. *Umweltbelastungen (Verschmutzung, Ausbeutung)*
3. *Gefährdung der Menschen durch Umweltrisiken*
4. *Fähigkeit, auf Umweltgefahren zu reagieren*
5. *globaler Schutz der gemeinsamen Ressourcen*

Zum Vergleich: Die Vereinigten Staaten Amerikas lagen auf Rang vierundzwanzig. Trotz Deutschlands Vorsprung gibt es für das Land noch viel Luft nach oben. Die Probleme sind riesengroß:

Treffen sich zwei Planeten. Fragt der eine: »Na wie geht's denn?« Sagt der andere: »Schlecht, ich habe homo-sapiens!«

Die Schwachstellen, die ausgemerzt werden müssen, um Deutschlands Rang in den Umweltindizes zu optimieren, sind hinreichend bekannt: Die Kreislaufpolitik in der Abfallwirtschaft zeigt keinen Fortschritt, da wirksame Maßnahmen ausblieben. Nicht einmal das von der EU für 2019 geforderte und verfehlte Sammelziel für Elektroschrott in Höhe von 65 Prozent scheint in naher Zukunft erreichbar. Zu viele Bürger entsorgten Geräte immer noch in den Hausmüll.

Der erste Corona-Lockdown hat zu einer vermehrten Entsorgung geführt und den Wertstoffhöfen fürs Recycling bis zu 20 Prozent mehr an Elektrogeräten beschert. Doch Corona brachte zur gleichen Zeit einen Nachfrageschub für Neugeräte, der besonders in der Quarantänezeit stark zunahm. Die Nachhaltigkeit dieser Geräte hatte sich nicht signifikant verbessert. IPhones und iPads waren, erklärt mit ständig wiederholten, bekannten Begründungen, eher kurzlebiger geworden.

Ohne genügend Wertstoffe aus einer funktionierenden Kreislaufwirtschaft mit nachhaltiger Recyclingindustrie wurden die zur Neuproduktion benötigten Wertstoffe durch Raubbau an schwindenden Ressourcen gedeckt. Man hatte nicht hinzugelernt, und auch die Zukunft sah düster aus: Die Anzahl der Smartphone-Nutzer in Deutschland stieg zwischen 2015 und 2019 immerhin von 46 auf knapp 58 Millionen. Laut Prognose soll sie sich schon im Jahr 2023 auf rund 69 Millionen belaufen! Die intelligenten Geräte sind für viele Menschen zu einem notwendigen Bestandteil des alltäglichen Lebens geworden. Mit ihrer fortwährenden Zunahme wächst das beschriebene Dilemma. Dagegen kann auch der Rückgang des CO_2-Ausstoßes durch die verordneten Einschränkungen während der Pandemie nichts ausrichten.

Ab und zu gab es gegen die Missstände Initiativen. Aber sie erfuhren oft Ablehnung, teilweise zu Recht: Der Ausschuss für Umwelt, Naturschutz und nukleare Sicherheit hat am 18. November 2020 einen Antrag der Ak-

tion Bündnis 90/die Grünen abgelehnt, der mit diversen Maßnahmen die Recyclingquote von Elektroaltgeräten verbessern wollte.

Die Pandemie erschwerte den persönlichen Austausch, der im Ringen um Kompromisse notwendig war. Aber die Gegenargumente, die im Raum standen, waren bedenkenswert, zum Beispiel: Die in Deutschland immer noch hohen Energiepreise seien nicht genügend berücksichtigt, nur mit günstiger Energie sei Recycling überhaupt möglich.

Das vorgeschlagene Pfandgeld auf Mobiltelefone wurde genauso zum Zankapfel. Solches Aufgeld würde, nach Meinung der Gegner, die allseits gewünschte Digitalisierung, besonders in Schulen und Universitäten verteuern.

Man kam nicht von der Stelle.

Im Jahre 2020 wurde schließlich ein Gesetz beschlossen, welches erst im Jahre 2022 in Kraft treten soll: Erst dann kommen auf den Onlinehandel neue, berechtigte Pflichten zu. Auch Discounter und Supermärkte werden zur Abnahme von Altgeräten verpflichtet. Die zögerliche Inkraftsetzung bestätigte die niedere Einstufung der Probleme in der Prioritätenliste. Wie in ganz Europa band der Kampf gegen die Corona-Folgen vorrangig die Energien.

Im Klimaschutz spielt Deutschland nach wie vor keine Vorreiterrolle mehr. Corona hatte landesweit selbst die Freitagsdemonstrationen zum Erliegen gebracht. – Abstand wahren! Zu groß blieben auch aus Eigeninteresse die Widerstände gegen Maßnahmen zu einer notwendigen Energiewende: Die alternative Energie durch Windkraft kam nur zögerlich voran. Überall streikte die Bevölkerung, wenn gigantische Windkrafträder in ihrer Nähe dicht an dicht beisammenstehen sollten. Eigene Beeinträchtigungen will sie partout nicht hinnehmen. Egoismus bleibt selbst bei denen erkennbar, die vermeintlich »grün« denken.

Das Pariser Klimaabkommen von 2015 verlangte von den Mitgliedern nach fünf Jahren eine Nachbesserung ihrer Ziele. Die Corona-Pandemie brachte die Klimadiplomatie jedoch ins Stocken. Der für 2020 vorgese-

hene Klimagipfel wurde auf 2021 verschoben. Erst im letzten Augenblick brachte Bundeskanzlerin Angela Merkel mit Deutschland in der EU-Ratsführerschaft einen digitalen Minigipfel zustande, der am Freitag, den 11. Dezember vormittags einstimmig für die EU bessere Zielvorgaben verabschiedete.

Bis zum Jahr 2030 sollten 40 Prozent weniger Abgase als 1919 anfallen. Dieses hinterlegte Ziel wurde nun auf 55 Prozent angehoben. Dazu müsste der Anteil an Ökoenergie bis 2030 in etwa von 32 auf 40 Prozent steigen. Bei der Energieeffizienz soll die bisherige Marke von 32,5 auf 39 Prozent erhöht werden. Zwei hehre Wünsche ins Ungewisse!

Nach Vorstellung der EU-Kommission müssten dafür jährlich 350 Milliarden Euro investiert werden. Dafür sollen im Juni 2021 gesetzliche Vorschriften vorgelegt werden.

Die Einigung fiel gerade noch in das Ende der deutschen Amtszeit und musste mit einer Milliardenzusage für Umbauhilfen an einige EU-Mitglieder erkauft werden.

Ein Fonds für einen gerechten Wandel ist genauso geplant wie die Verwendung von 30 Prozent des 750 Milliarden schweren Corona-Aufbaufonds für Klimaziele. Besonders östliche Länder wurden mit solchen Zusagen für ihre Zustimmung belohnt. Die Beschlüsse werden heute schon von engagierten Umweltschützern scharf kritisiert.

Greenpeace behauptet, dass durch simples Ändern der Rechenmethode der geforderte Sprung auf 55 Prozent in Wahrheit nur 50,5 Prozent betrüge, also geschönt sei.

Der Greenpeace-Chef Martin Kaiser hält mindestens 65 Prozent für notwendig!

Die gesetzten Ziele sind nur etwas wert, wenn die Mitgliedsstaaten ihre Energiepolitik an ihnen ausrichten.

Der Generalsekretär der Vereinten Nationen, António Guterres, fordert deshalb einen weltweiten Ausruf des Klimanotstands. Ansonsten würde sich die Erde in diesem Jahrhundert noch um drei Grad erwärmen. Auch er kam zu dem Schluss: Unsere Welt ist kaputt!

Seine Einschätzung und die vielen Meinungsunterschiede der Mitglieder lassen künftig nichts Gutes erwarten.

In der deutschen Politik haben andere Dinge Priorität und binden zurzeit die Kreativität der Politiker: Der Kampf an der Corona-Front steht ganz vorne und wird noch länger die Politik bestimmen. Genauso wie die damit verbundene Notwendigkeit, die Haushaltsplanung mit den hohen Schulden zur Stützung unseres Wirtschafts- und Gemeinlebens zu ordnen.

Die Staatsschulden stiegen im Jahr 2020 auf ein Rekordniveau. Schon im ersten Halbjahr standen Bund, Länder und Kommunen vor einem Schuldenberg von 2,1089 Billionen Euro! Der Anstieg gegenüber 2019 betrug 210,1 Milliarden Euro und war überwiegend für die Bewältigung der Corona-Krise bestimmt. Er sollte bis zum Jahresende noch auf über 218 Milliarden steigen. Man tröstet sich damit, dass Deutschland nach Corona immer noch eine viel niedrigere Verschuldung als andere Staaten habe. Man sollte sich nicht an Schlechteren orientieren!

Die Schuldenquote in Bezug zum Bruttoinlandsprodukt war in der Wirtschaftskrise im Jahre 2009 auf über 80 Prozent gestiegen. Diesmal erwartet man »nur« einen Wert von etwa 75 Prozent. Selbst ein solcher Schuldenberg ist hoch genug, um für andere wichtige Dinge Finanzmittel auszuschließen.

Zudem ist man sich im Klaren, dass die Corona-Hilfsmaßnahmen im Jahre 2021 nicht abrupt enden können.

Der Finanzminister erwartet danach nochmals eine Schuldenaufnahme in Höhe von knapp 100 Milliarden Euro.

Allein die Verlängerungsmöglichkeit der Kurzarbeit hat ihren Preis. Sie soll den Fall in die Arbeitslosigkeit verhindern. Nach herrschender Meinung gibt es nichts Schlimmeres zu vermeiden.

In der Finanzplanung von 2021 bis 2024 sind Investitionen in Höhe von 199,2 Milliarden Euro vorgesehen. Diese Zahlen machen deutlich, wie schwer es werden wird, noch Gelder für Umweltschutz und andere Strukturveränderungen in die Hand zu nehmen. Dass die genannten Fördermaßnahmen auch in Umweltprojekte, Bildung und andere wichtige Bereiche fließen, ist ein pauschales Alibiargument ohne entsprechende Struktur-

planung und Garantie. Nur eine Erholung der Wirtschaft kann die finanzi-
elle Lage verbessern. Für das Jahr 2020 ergab sich jedoch noch ein Rückgang
der Wirtschaftsleistung von 6,2 Prozent. Die meisten Experten sind sich
darüber einig, dass die Rückschläge des laufenden Jahres frühestens 2022
aufgeholt sein werden. Die Pandemie erschwert Vorhersagen zum Tempo
einer Erholung. Mehreinnahmen daraus sind gedanklich schon verplant,
aber bestimmt nicht für den Schuldenabbau. Der bleibt als Aufgabe für die
nächsten Generationen.

Am 1. Juli 2020 hatte Deutschland für sechs Monate die Präsidentschaft
im Rat der Europäischen Union (EU) übernommen. »Gemeinsam gestärkt
aus der Krise« war das Motto. Genügend Probleme waren dafür in der
Staatengemeinschaft vorhanden. Die Erwartungen an Deutschland, mit
Lösungsvorschlägen beizutragen, waren riesengroß: Es galt, einen Handels-
pakt mit dem EU-müden Großbritannien abzuschließen.
    Der Dauerstreit um Migration gehörte beigelegt.
    Die Notwendigkeit, einen künftigen EU-Haushalt zustande zu bringen
und dabei eine Lösung im Konflikt rechtsstaatlicher Standards zu errei-
chen, überschattete alles.
    Die Ausschüttung der EU-Gelder wurde daran gekoppelt.
    All dies anzupacken kostete viel Kraft und verlangte dem Kabinett von
Angela Merkel, die den Abschied von den Amtsgeschäften bereits eingeläu-
tet hatte, viel ab. Selbst die zwei Entscheidungen, gerade noch zum Ende
des Jahres getroffen, könnten sich als Pyrrhussieg erweisen:
    Das Erreichen der hoch gesetzten Klimaziele hängt von vielen Imponde-
rabilien ab und erlaubt verschiedenste Auslegungen.
    Der EU-Haushalt wurde verabschiedet, aber Ungarn und Polen können
den autoritären Umbau ihrer Gesellschaft weiter vorantreiben. Beiden
Ländern bleiben Rechtswege offen, die bis zu einer Entscheidung gegen sie
viele Jahre beanspruchen können. Dann hätte sich beispielsweise Minister-
präsident Viktor Orbán in Ungarn durch Wiederwahl längst in eine neue
Amtsperiode gerettet.

Das deutsche Kabinett hat auch ohne die europäischen Probleme genug Sorgen vor der Brust: Der inzwischen abgewählte Präsident der Vereinigten Staaten, Donald Trump, hatte mit seiner Forderung »America first« Deutschland nach Mexiko und China zum Intimfeind erkoren und mit Sanktionen überzogen. Er prangerte an, dass Berlin den Kurs des Euro bewusst niedrig halte, um Handelspartner zu übervorteilen und auszubeuten. Dagegen gibt es gewichtige Argumente, Deutschland erhob schließlich seine Stimme immer am lautesten gegen die lockere Geldpolitik der EU! Doch es bleibt als Wahrheit, Deutschland hatte ständig einen Handelsüberschuss.

Deutschlands finanziellen Beitrag zur NATO geißelt Trump und bezichtigt die Bundesrepublik, ein Nassauer zu sein.

Zu guter Letzt wird gegen den Willen der USA der Bau von Nord Stream 2 fortgesetzt. Das 9,5-Milliarden-Euro-Projekt ist nicht nur nach Trump ein Gefahrenherd für die westliche Staatengemeinschaft.

Die Abhängigkeit von russischem Gas kann ganz Mitteleuropa treffen. Die bisherigen Wege über die Ukraine werden zu deren Nachteil entwertet.

Aber auch hier regiert der Eigennutz den Disput: Lieber würde die USA Europa selbst mit Gas versorgen, zum großen Teil gewonnen durch das umweltschädliche Fracking.

Hier drohen Deutschland schwere Sanktionen.

Eine neue US-Regierung unter Joe Biden wird die meisten der Vorwürfe aufrechterhalten. Man kann nur von diplomatischerer Umgangsweise ausgehen. Aber Amerika hat zunächst genug mit sich selbst zu tun. Donald Trump hat die Endphase seiner Amtszeit in noch nie dagewesener Weise dazu genutzt, mit seiner manipulativen Art das so schon gespaltene Land in zwei sich unversöhnlich gegenüberstehende Lager zu teilen. Der Sturm des Kapitols durch seine aufgewiegelten Anhänger war zunächst der Höhepunkt. Twitter Inc., der Betreiber des Mikroblogging-Dienstes Twitter, dessen Möglichkeiten sich der Präsident für seine Hassreden bevorzugt bediente, hat inzwischen aus Vorsichtsgründen dessen Twitter-Account für immer geschlossen. Man verließ das sinkende Schiff!

Das Aushandeln von Kompromissen mit einem so angeschlagenen Partner wird noch dauerhaft Arbeitskraft binden und Finanzmittel notwendig machen, sodass Umweltmaßnahmen zwangsläufig zurückgestellt bleiben werden.

Für eine bessere Zukunft stehen die Sterne auch sonst nicht günstig, denn bei einer weiteren Welle der Pandemie gelang es bis in das Jahr 2021 hinein, trotz Lockdown, nicht, die Infektionen auf ein erträgliches Maß zu senken.

In einigen Bundesländern wuchsen Hotspots wieder wie Pilze aus dem Boden. Das Bundesland Sachsen galt insgesamt als Hotspot.

Anfang 2021 waren zwei erste Impfstoffe zugelassen und für Impfungen verfügbar. Doch schnell zeigte sich, dass sowohl Engpässe in der Produktion als auch Fehler in der Organisation des Impfprogramms signifikante Erfolge bis hin zur »Herdenimmunität« noch lange auf sich warten lassen werden. Aber:

Man muss in kleinen Dingen geduldig sein, sonst bringt man die großen Dinge zum Scheitern. (Konfuzius) …

Die Apokalypse als Strafe für menschliche Verfehlungen

Das altgriechische Wort ἀποκάλυψις, Apokalypse (Enthüllung), stimmt nicht mit dem im heutigen Sprachgebrauch gängigen Begriff Weltuntergang überein. Es beinhaltete nur abstrakte Drohungen und Gefahren, die der Mensch durch Fehlverhalten hervorgerufen hat und die durch die Götter schlagend werden.

Homer hatte dies in den ersten Zeilen seiner Odyssee deutlich gemacht:

»Sage mir, Muse, die Taten des vielgewanderten Mannes,
Welcher so weit geirrt nach der heiligen Troja Zerstörung,
Vieler Menschen Städte gesehen und Sitte gelernt hat
Und auf dem Meere so viel unnennbare Leiden erduldet,
Seine Seele zu retten und seiner Freunde Zurückkunft.
Aber die Freunde rettet' er nicht, wie eifrig er strebte;
Denn sie bereiteten selbst durch Missetat ihr Verderben:
Toren! Welche die Rinder des hohen Sonnenbeherrschers
Schlachteten; siehe der Gott nahm ihnen den Tag der Zurückkunft.« ....

Die dort beschriebene Strafe war also Folge vorangegangener menschlicher Missetaten!

Der heutige Sprachgebrauch versteht unter Apokalypse hingegen ein Angst und Schrecken erregendes Weltuntergangsszenario. Der Mensch ängstigt sich vor dem endgültigen Ende der Menschheit und einer unbewohnbaren Erde. Die Auslöser der Ängste sind Bedrohungen durch globale Katastrophen wie Umweltprobleme, Seuchen, Kriege, Hungersnöte, nukleare Katastrophen, Terrorismus etc., alles von der Menschheit in Gang gesetzt.

Die überwiegende Zahl der Wissenschaftler ist sich einig, dass sich die Lebensbedingungen auf der Erde drastisch ändern werden zu denen, die es vor der Existenz der Menschheit auf der Erde gab. Bei einem Einfach-weiter-so wird mit einem apokalyptischen Szenario fest gerechnet.

Die Apokalypse in den großen Religionen

Zu allen Zeiten und in allen Kulturkreisen begegnet man Spekulationen über die Vorzeichen, den Zeitpunkt und den Verlauf des Weltuntergangs. Alle großen Religionen beschäftigen sich mit ihm. Damit sind regelmäßig dramatische Katastrophenbilder verbunden gewesen sowie ein zürnender Gott. Die Menschheit braucht anscheinend solche Bilder, um sich selbst vor solchen Fehlentwicklungen zu warnen. Das Christentum, der Islam und das Judentum haben eine linear verlaufende Vorstellung des Weltengeschehens. Sie sehen einen einmaligen Beginn sowie ein einmaliges Ende unserer Welt.

Für Juden und Christen finden sich im Alten Testament mehrere Momente von Gottes Zorn: Gott droht, Gott straft. Eine Bibelstelle soll dies exemplarisch belegen:

»Da aber der Herr sah, dass die Menschen boshaft waren auf Erden und alles Dichten und Trachten ihres Herzens nur böse war immerdar, da reute es ihn, dass er die Menschheit gemacht hatte auf Erden, und es bekümmerte ihn in seinem Herzen, und er sprach: Ich will die Menschen, die ich geschaffen habe, vertilgen von der Erde, vom Menschen an bis auf das Vieh und bis auf das Gewürm und bis auf die Vögel unter dem Himmel; denn es reut mich, dass ich sie gemacht habe.« (Mose 6.5–7)

Für das Christentum ist das letzte Buch des Neuen Testaments, die Offenbarung des Johannes, besonders eindrücklich, nach manchen Übersetzungen auch: die Offenbarung Jesu Christi durch Johannes. Es ist das einzige prophetische Buch des Neuen Testaments. Ab dem fünften Kapitel berichtet Johannes über das Buch mit den sieben Siegeln. Die werden nacheinander geöffnet, wodurch die Apokalypse ausgelöst wird. Durch das Öffnen der ersten vier Siegel werden die vier apokalyptischen Reiter auf die Welt losgelassen:

Der Reiter mit Pfeil und Bogen steht für den Machtmissbrauch durch die Obrigkeit.

Der Reiter mit dem Schwert symbolisiert den Krieg.

Der Reiter mit der Waage vertritt die Teuerung und die Hungersnot.

Der letzte Reiter steht für den Tod und die Pest.

»Als sich das sechste Siegel auftat, bebte die Erde, wurde die Sonne schwarz, der Mond wie Blut; und die Sterne des Himmels fielen auf die Erde, gleich wie ein Feigenbaum seine Feigen abwirft, wenn er von großem Wind bewegt wird. Und der Himmel entwich, wie ein zusammengerolltes Buch; und alle Berge und Inseln wurden bewegt aus ihren Orten. Und die Könige auf Erden und die Großen und die Reichen und die Hauptleute und die Gewaltigen und alle Knechte und alle Freien verbargen sich in den Klüften und Felsen an den Bergen und sprachen zu den Bergen und Felsen: ›Fallet über uns und verberget uns vor dem Angesicht des, der auf dem Stuhl sitzt und vor dem Zorn des Lammes! Denn es ist gekommen, der große Tag seines Zorns, und wer kann bestehen?‹« (Offenbarung 6.12–17)

Das Brechen des siebten Siegels bringt schließlich das Ende der Welt. Sieben Engel mit Posaunen und ein achter Engel mit einem Rauchfass verheeren sie vollends. Das Besondere an diesen Weissagungen ist, dass das Eingreifen Gottes in das Weltgeschehen nicht mehr das Unheil zum Heil verändert, sondern zunächst zu einem Weltende führt.

Albrecht Dürer schaffte für die Offenbarung ab 1496 zum ersten Mal ein mit Text versehenes Bilderbuch für alle Schichten des Volkes. Der biblische Text der Offenbarung des Johannes war durchlaufend auf der

Rückseite von fünfzehn Blättern abgedruckt. Der Künstler unterstrich damit die Vorrangstellung seiner Holzschnitt-Bilder als Anschauungshilfe für die vielen Analphabeten seiner Zeit.

Die Reichen kauften sich das Werk in Buchform, beschriftet in Lateinisch oder im Deutsch der Luther-Bibel.

Der arme Mann gab sich für Groschen mit dem Einzelblatt der apokalyptischen Reiter zufrieden: Die vier Reiter preschten als Kavalkade des Schreckens heran. Sie wälzten alles nieder, den Papst, den König, den Bürger, den Bettler, die Frau und das Kind. Ein Reiter schoss den Bogen, ein zweiter schwang das Schwert, ein weiterer trug eine Waagschale wie eine Waffe in seinen Händen, der vierte und letzte ritt in der grauenerregenden Gestalt des Todes auf einem Klepper.

Das Werk wurde zum Bild gewordenen Inbegriff der Apokalypse.

Ludwig Meidner bietet uns in der neueren Malerei eine vergleichbare Handreichung. Ab 1912 entstanden seine Katastrophenszenarien als brennende Städte mit Kometen und Feuersäulen am Himmel, die von panischen Menschenmengen bevölkert sind. Diese apokalyptischen Szenen wurden (nicht nur) von Meidner später selbst als Vorahnungen des Ersten Weltkrieges interpretiert. Sein expressionistisches Gemälde »Apokalyptische Landschaft« von 1913 vermittelt unseren Augen von Menschen verursachte Endzeitgefühle.

In den Prophezeiungen des Islam heißt die Endzeit meist »die Stunde«. Die Suren 81, 82, 84 und 99 werden die »apokalyptischen Suren« genannt. Der Glaube an die Stunde ist einer von sechs Glaubensgrundsätzen des Islams.

Auch hierzu ein Beispiel:

Im Namen Allahs, des Allbarmherzigen. Wenn der Himmel in Zerreißung steht, seinem Herrn gehorchend, und die Erde sich dehnt und auswirft, was in ihr ist, und sich leert, gehorchend ihrem Herrn, pflichtgezwungen, dann, oh Mensch, wirst du dich sehr bemühen, um zu deinem Herrn zu gelangen, den du auch treffen wirst. ... (Sure 84.1)

Hinduismus und Buddhismus zeigen den Weltenlauf als Kreislauf. *»Der Ursprung ist das Ende und das Ende ist der Ursprung«* , lässt Rabindranath Tagore einen Wandermönch sagen.

In den alten, heiligen Schriften des Atharvaveda wird die periodische Zerstörung und Neuerschaffung des Alls beschrieben. Unser gegenwärtiges Weltzeitalter ist in der Mythologie Indiens das letzte. Es strebt unaufhaltsam dem Verfall zu. Die Weltzeitalter sind mathematisch berechenbar.

Was erwartet uns im Kaliyuga (Yuga = Weltzeitalter), in dem die Menschheit auf dem völligen Tiefpunkt anlangen soll? Die Welt und die Menschheit sind am Ende, doch nach dem zyklischen Weltbild heißt Ende gleichzeitig wieder Anfang. ...

Hier wird das Gnadenelement der apokalyptischen Denkmodelle offenbar, das alle Weltreligionen für ihre Gläubigen haben: der Dreischritt Krise – Katharsis – Heil!

Die Weltangst vor dem Weltende wird für die Menschheit durch eine Hoffnungsbotschaft überwunden, die nach dem Untergang einen Neubeginn verspricht.

Säkularisierte Spielarten der Apokalypse

Vor der Französischen Revolution kommt es zu einer veränderten Apokalyptik. Man wendet sich ab von den religiösen Denkmodellen hin zu weltlichen. Ihnen wohnt prinzipiell keine Hoffnung auf Erlösung mehr inne. Einerseits glaubt man an einen stufenweisen Fortschritt, andererseits an ein bevorstehendes Weltende. Dieser vermeintliche Gegensatz lässt sich auflösen: Fortschrittstheorien sowie ein endgültiger Umbruch sind nicht wissenschaftlich beweisbar. Sie sind vielmehr wiederum anthropozentrische Mythen, die menschlichem Sinnbedürfnis entgegenkommen. Anthropozentrismus bedeutet, dass der Mensch sich selbst als den Mittelpunkt der weltlichen Realität versteht. Anthropozentrismus hat als denkbaren Schnittpunkt eine weltanschauliche, eine ethische und eine religiöse Komponente.

Apokalyptische Bilder in der Literatur

In der brandaktuellen Dystopie des chinesischen Schriftstellers Chen Qiu-fan, die 2019 in deutscher Sprache erschien, wird man bei der neuen schreibenden Zunft passgenau fündig. Die in der Zukunft spielende Fiktion mit apokalyptischem Touch denkt unsere heutigen Ängste auf verstörende Art und Weise fort: Auf der Siliziuminsel im Südwesten Chinas recycelt man Elektronikschrott aus der gesamten Welt. Eine Müllmafia, die aus drei Clans besteht, zwingt »Müllmenschen«, unter menschenverachtenden Umständen inmitten gesundheitsschädlicher Einflüsse schlimmer als Arbeitstiere zu arbeiten, um den Elektroschrott zu recyceln.

Die gewonnenen Wertgüter werden sodann auf dem Weltmarkt mit großem Profit verkauft.

Ein Amerikaner, den die Recyclingfirma zur Einführung von Verbesserungsmaßnahmen auf die Insel schickt, bringt das dort herrschende schlimme, aber funktionierende Gleichgewicht aus den Fugen. Zudem kommt infizierter Schrott auf die Insel und setzt eine für Zartbesaitete schwer zu ertragende Entwicklung in Gang. Dabei wird um Menschenrechte, Umweltschutz und das Einhalten von Traditionen gekämpft, auch um Mitmenschlichkeit.

Was wird die Zukunft bringen? Die Entwicklungsfäden deuten in verschiedenste Richtungen. Am wahrscheinlichsten erscheint die Apokalypse als Ende. Die Büchse der Pandora ist längst schon geöffnet. Die Uhr tickt bereits, und selbst eine kaputte Uhr zeigt zweimal am Tag die richtige Zeit!

Neuere apokalyptische Gedanken in der multimedialen Performance

Im Jahr 2020 wurde sich in Köln mit einer multimedialen Performance um die Figur des Prometheus der Schattenseiten des technischen Fortschritts angenommen. Als Feuerbringer und Menschenfreund galt Prometheus dem Göttervaters Zeus zum Trotz als Urheber der menschlichen Zivilisation.

Das Feuer wurde in der Renaissance bis ins frühe 20. Jahrhundert als segensreiche Errungenschaft des Menschen gefeiert, es gab ihm vermeintlich die Herrschaft über die Natur mit Hilfe des technischen Fortschritts. In der Moderne blieb Prometheus die Symbolfigur für den wissenschaftlichen und technischen Fortschritt und die zunehmende Herrschaft des Menschen über die Natur. Die Natur wurde als Beute verstanden und nicht als Opfer.

Mit der nunmehr zutage getretenen ökologischen Krise wird die Opferrolle erstmals problematisiert, und hier setzt Kristóf Szabó an. Er und das F.A.C.E. Ensemble bedienen sich der Geschichtsikone Prometheus für ihre Botschaft.

Szabós Stück behandelt nach der Vorankündigung den gefährlichen Umgang des homo technicus mit digitaler Technik, aber auch mit dem analogen Schmerz.

Die digitale Technik repräsentiert die Video-Art des ungarischen Künstlers Ivó Kovács, die auf drei Bühnenseiten ausgestrahlt wird. Für den analogen Schmerz stehen Schauspieler, Sängerin und Tänzerin. Der Leidensweg des Prometheus nimmt die Schädigung der Erde durch die Menschheit vorweg. Aufmärsche und Müllhalden als artifizielle Video-Kreationen führen vor Augen, wie die Schattenseiten wirklich aussehen, die die Menschheit auf Dauer zum Untergang führen werden. Diese medialen Menetekel verstärkt Szabó durch Videobotschaften einer Welt mit vollkommener Ästhetik, wie sie ohne das schlimme Hinzutun der Menschheit leben könnte. Die Menschheit setzt alles daran, dass sich die Erde von ihr wegdreht.

Apokalyptische Ängste im Film

Unlängst entwickelte der Thriller »Exit«, in der ARD ausgestrahlt, ein Szenario unserer apokalyptischen Ängste: Menschen werden in diesem Film in Echtzeit digitalisiert, im Aussehen, ihren Gefühlen, Stimmen, Bewegungen und allem sonst.

Vier junge Entwickler haben eine revolutionierende Technologie entwickelt. Mit Infinitalk soll digitales ewiges Leben möglich werden. Gegen einen profitreichen Verkauf an einen japanischen Investor hat besonders die weibliche Partnerin Luca erhebliche Vorbehalte. Sie versucht, ihren Freund und Partner Linus von seiner Unterschrift unter dem Verkaufsvertrag abzuhalten. Luca verschwindet daraufhin plötzlich. Bei der Suche nach ihr erlebt Linus immer mehr die Verschmelzung der digitalen und der realen Welt.

Infinitalk, als zukunftsweisend ausgelobt, mit dem Versprechen, keine Angst mehr vor dem Tod haben zu müssen, eliminiert zwar die Zeit und Endlichkeit, nimmt aber den Betroffenen auch die Sicherheit, sich im Zustand der Realität zu befinden. Sie wandeln in einem Zustand der Manipulation. Die Zukunftsangst davor (in Echtzeit) kann ihnen keiner nehmen. Die Digitalität gewinnt apokalyptische Züge.

Ein Fazit

Wahrscheinlich wird die Menschheit nicht aussterben, weil die Welt, aus der sie hervorging, zugrunde geht. Die Erde wird vielmehr zugrunde gehen, weil die Menschen das planetare Ökosystem zugrunde richten. Das haben sie regional schon des Öfteren getan.

Auch die Erderwärmung, die unser Planet im Laufe der Geschichte wie Fieberschübe schon des Öfteren erlebt und überstanden hat, bleibt, auch wenn der Mensch sie verursacht, für die Erde erträglich. Sie mag für uns und andere Lebenswege eine endgültige Katastrophe bedeuten, nicht jedoch für den Planeten. Beim Fortschreiten des Klimawandels werden wieder Erklärungsmodelle entstehen, die das Geschehen mit Erzählungen von Unheil und Erlösung zu deuten versuchen. Die Apokalypse ist eben ein anthropozentrischer Mythos!

Wir bleiben stattdessen mit Shakespeare beim Hamlet-Zitat: *Sein oder Nichtsein, das ist hier die Frage!*

Personenverzeichnis

Akufo-Addo, Nana, seit 2017 Präsident von Ghana

Altmaier, Peter, deutscher Wirtschaftsminister

Anane, Koyo, Händler auf der Deponie Agbogbloshie bei Accra (fiktiv)

Baoquan, Qiufan, junger Schrottsucher in Guiyu, China (fiktiv)

Bendzko, Tim, deutscher Sänger

Biden, Joe, Präsident der Vereinigten Staaten von Amerika

Bierce, Ambrose, amerikanischer Schriftsteller und Journalist

Bismarck, Otto von, Ministerpräsident von Preußen

Blanck, Erhard, deutscher Heilpraktiker, Schriftsteller und Maler

Blase, Herbert, Wasserschutzpolizist in Hamburg (fiktiv)

Bode, Rudolf, Ingenieur in der Elektro- und Elektronikbranche (fiktiv)

Brandt, Willy, Kanzler der Bundesrepublik Deutschland

Brecht, Bertolt, deutscher Dramatiker, Librettist und Lyriker

Buchter, Heike, Wirtschaftsjournalistin

Carter, Jimmy, Präsident der Vereinigten Staaten von Amerika

Chen, Qiufan, chinesischer Autor

Cherono, Samuel, verletzter Schrottsammler auf der Deponie Agbogbloshie bei Accra (fiktiv)

Churchill, Winston, (zweimal) Premierminister von Großbritannien

Cusanus, Nikolaus, mittelalterlicher Philosoph

Dai, Bao, Inhaber eines Reparaturbetriebs im Industriepark Guiyu, China (fiktiv)

Dante, Alighieri, italienischer Dichter

de Balzac, Honoré, französischer Schriftsteller

de Gaulle, Charles, französischer Präsident

de la Barca, Pedro Calderón, spanischer Dichter und Dramatiker

Demel, Jochen, Wirtschaftsjournalist (fiktiv)

Dürrenmatt, Friedrich, Schweizer Schriftsteller

Einstein, Albert, deutscher Physiker mit Schweizer und

US-amerikanischer Staatsangehörigkeit

Elstner, Frank, Showmaster und Moderator

Fischer, Elisabeth, Ehefrau von Professor Dr. Emil Fischer (fiktiv)

Fischer, Professor Dr. Emil, Ruhr-Universität Bochum, Leiter der Fakultät für Elektrotechnik und Informationstechnik (fiktiv)

Fischer, Gerd und Mareike, Kinder des Ehepaars Fischer (fiktiv)

Gandhi, Mahatma, indischer Rechtsanwalt, Publizist und Morallehrer

Gary, Romain, französischer Schriftsteller, Regisseur, Übersetzer und Diplomat

Goethe, Johann Wolfgang von, Freiherr, einer der bedeutendsten Schöpfer deutschsprachiger Dichtung

Grauert, Dr. Helmut, Spezialist für Statistiken und Daten der Elektro- und Elektronikbranche (fiktiv)

Güldenpfennig, Dr. Dieter, Vorsitzender des Gesamtverbands der Elektro- und Elektronikindustrie (fiktiv)

Günther Professor Dr. Oliver, Wirtschaftsjurist (fiktiv)

Guterres, António, Generalsekretär, Vereinte Nationen

Hassencamp, Oliver, deutscher Kabarettist, Schauspieler sowie Jugend- buch- und Romanautor

Herder, Johann Gottfried, deutscher Dichter, Übersetzer, Theologe sowie Geschichts- und Kultur-Philosoph der Weimarer Klassik

Homer, Autor der Ilias und der Odyssee und damit frühester Dichter des Abendlandes

Huisman, Dr. Jaco, wissenschaftlicher Leiter der Studie von CWIT (Countering Waste Electronical and Electric Equipment Illegal Trade)

Jerzy Lec, Stanislaw, polnischer Lyriker und Aphoristiker

Kästner, Erich, deutscher Schriftsteller

Kaiser, Martin, Geschäftsführer von Greenpeace Deutschland

Kant, Immanuel, Philosoph und Denker

Kim, Yersu, Rektor der Global Academy for Future Civilizations of Kyung Hee University, Korea

King, Martin Luther, US-amerikanischer Baptistenpastor und Bürgerrechtler

Kirsner, Inge, Apokalypse im Film, Loccumer Pelikan 2/2015

Klages, Klaus, Klages und Partner – Creative Marketing Group GmbH

Kneipp, Sebastian, Naturheilkundler und katholischer Theologe

Konfuzius, chinesischer Philosoph zur Zeit der Östlichen Zhou-Dynastie

Kovács, Ivó, ungarische Videokünstler

Leif, Dr. Thilo, Interessenvertreter Public Affairs (fiktiv)

Lincoln, Abraham, Präsident der Vereinigten Staaten von Amerika

Li, Yan, Schrottsucher in Guiyu, China (fiktiv)

Loriot, bürgerlich Bernhard-Viktor Christoph-Carl von Bülow, vielseitiger deutscher Humorist

Luther, Martin, Augustinermönch, Theologieprofessor und Reformator

Mahama, John, Politiker in Ghana

Meyer-Abich, Klaus Michael, deutscher Physiker und Naturphilosoph

Müller, Christian, Chauffeur von Edgar Wilms (fiktiv)

Newton, Sir Isaac, englischer Naturforscher und Verwaltungsbeamter

Nkrumah, Amissah, Schrottsammler auf der Deponie Agbogbloshie bei Accra (fiktiv)

Nkrumah, Kwame, erster Präsident Ghanas

Nyarko, Benjamin, Direktor der Atomkommission Ghanas

Obama, Barack, Präsident der Vereinigten Staaten von Amerika

Odoi, Henry Cecil, Kernwissenschaftler

Pfitzer, Thomas, IT-, Arbeits- und Personalberater

Revkin, Andrew, amerikanischer Wissenschaftsjournalist

Rühmann, Heinz, deutscher Filmschauspieler

Russell, Bertrand, britischer Philosoph, Mathematiker, Religionskritiker und Logiker

Schiller, Friedrich von, deutscher Dichter

Schmitz, Oliver, Umweltfachmann (fiktiv)

Schniewind, Dr. Josef, Scheidungsanwalt (fiktiv)

Schreiber, Elisabeth, Journalistin spezialisiert auf Umweltthemen (fiktiv)

Schulz, Magda, Mitarbeiterin von Naturschutzbund Deutschland e. V., NABU (fiktiv)

Schulz, Martin, Präsident des Europäischen Parlaments

Seume, Johann Gottfried, deutscher Schriftsteller und Dichter

Shaw, George Bernard, irischer Dramatiker, Politiker, Satiriker, Musikkritiker und Pazifist

Siemens, Werner von, deutscher Unternehmer

Simmel, Dr. Manfred, Dozent an der Ruhr-Universität Bochum, Fakultät für Elektrotechnik und Informationstechnik (fiktiv)

Späth, Dieter, Spezialist für Marketing und Werbung (fiktiv)

Stern, Nicholas, Klimaexperte von der London Schools of Economics

Stoiber, Edmund, Ministerpräsident des Freistaates Bayern

Szabó, Kristóf, Schöpfer intermedialer Werke

Tagore, Rabindranath, bengalischer Dichter, Philosoph, Maler, Komponist, Musiker und Brahmo-Samaj-Anhänger, Nobelpreisträger

Taylor, Charles, kanadischer Politikwissenschaftler und Philosoph

Thatcher, Margaret, als erste Frau Premierministerin des Vereinigten Königreichs Großbritannien und Nordirland

Thunberg, Greta Tintin Eleonora Ernman, schwedische Umweltschützerin

Trump, Donald, Präsident der Vereinigten Staaten von Amerika

Weber, Max, deutscher Soziologe und Nationalökonom

Wilms, Edgar, geschäftsführender Eigner der Ampere GmbH & Co. KG, Köln (fiktiv)

Wilms, Marianne, Ehefrau von Edgar Wilms (fiktiv)

Wong, Ming, Händler in Guiyu, China (fiktiv)

Xi, Jinping, Präsident der Volksrepublik China

Zhang, Familie von Schrottsuchern in Dongxiaokou, einem Vorort Pekings (fiktiv):

Großvater Zhang

Großmutter Zhang

Vater Zhang

Mutter Zhang

Fan, ältester Sohn

Chengwu, zweiter Sohn

Cai, Tochter

Zuse, Konrad, deutscher Bauingenieur, Erfinder und Unternehmer

Literaturverzeichnis

Aischylos, Marinetti: Prometheische Kultur, Meine Südstadt, 28.10.2020

»Beyond Aid« und die Zukunft der Entwicklungszusammenarbeit, deutsches Institut für Entwicklungspolitik, Analysen und Stellungnahmen, 7/2014

Blog Aktuelles, deutsche Politik für Recyceln von Elektroschrott, Kritik an der Bundesregierung, Stand 2020

Blume, Jakob, China stößt im großen Stil US-Staatsanleihen ab, Handelsblatt, 19.6.2019

Böge, Friederike, China sieht sich als Systemsieger, Frankfurter Allgemeine Zeitung, 16.12.2020

Bohland, Sabine, In Zukunft mit Atomstrom, ARD-Studio Nairobi, Ghana, 16.7.2019

Brion, Marcel, Albrecht Dürer, der Mensch und sein Werk, Lizenzausgabe Bertelsmann mit Genehmigung der Editions Aimery Somogy, Paris

Brühl, Madeleine, Wenig wird recycelt: Mehr Elektroschrott als je zuvor, 2.7.2020 (digital)

Buchter, Heike, Chinas Gewicht in Asien ist erneut gestärkt, Zeit online, 16.11.2020

Bundesministerium für wirtschaftliche Zusammenarbeit und Entwicklung, Elektroschrott – wertvolle Rohstoffe wiederverwerten, Stand: 2017

Bundesministerium für wirtschaftliche Zusammenarbeit und Entwicklung, mehr Nachhaltigkeit beim Umgang mit Elektroschrott, BMZ-Papier 10/2017

Bundesministerium für wirtschaftliche Zusammenarbeit und Entwicklung, Wirtschaft – Chancen für nachhaltige Entwicklung, Stand: April 2016

CGTN Video, A look inside the transformation of China's e-waste town, 6.9.2020

CGTN: China ruft für die Ära nach der Corona-Pandemie zu einer weltweiten grünen Revolution auf, Presseportal, 25.9.2020

China erweitert Abfallimportverbote, EU-Recycling 2/2019

China fürchtet größten Corona-Ausbruch seit Monaten, FAZ.NET, 7.1.2021

Corona ist schuld am Schuldenberg, tagesschau.de, 29.9.2020

Corona treibt Konsum von Elektronikartikeln an, handelsjournal Das Wirtschaftsmagazin für den Handel, August 2020

Coronavirus weltweit – Die internationale Lage in der Übersicht, SRF News, Stand: Oktober 2020 (digital)

Daubenberger, Manuel und Rohrbeck, Felix, Cum-Ex-Urteil

Der Brexit ist da: Wo stehen wir? Wie geht es weiter?, Bundesrepublik Deutschland auswärtiges Amt (digital), 9.10.2020

Der Ehevertrag – gemeinsame Regeln für Ehe und Scheidung, scheidungsrecht.org, 23.8.2020

Der Güterstand der Gütertrennung, Scheidung.de, Stand: 30.10.2020

Der Koran, das heilige Buch des Islam, Wilhelm Goldmann Verlag München, 1959

Deutsche Umwelthilfe, Nachhaltigkeit von Geschäftsmodellen in der Informations- und Kommunikationstechnik Analyse und Empfehlungen am Beispiel von Smartphone, Telefon und Router, Stand: Januar 2019 (digital)

DFG-Forschungsprojekt: Wissensgenerierung durch apokalyptische Naherwartungen – der Fall der 2012-Bewegung, Universität Bonn

Die Bedeutung der Wirtschaftsethik für den Erfolg von Unternehmen, diverse Artikel unter Wissen.de

Die Bibel, nach der deutschen Übersetzung Martin Luthers, nach dem 1912 vom Deutschen Evangelischen Kirchenausschuss genehmigten Text, privilegierte Württembergische Bibelanstalt Stuttgart

Die Deutsche Gesellschaft für Internationale Zusammenarbeit (GIZ) GmbH unterstützt als Teil der Ghanaisch-Deutschen Zusammenarbeit Ghana seit über 30 Jahren, GIZ Ghana, Deutsche Botschaft Accra (digital)

Die zehn Grundsätze des ehrbaren Kaufmanns, der Mittelstand, BVMW, Bundesverband mittelständischer Wirtschaft Unternehmerverband Deutschland e. V.

Don Bosco Mission Bonn (digital), Straßenkinder

Dürer, Albrecht, das grafische Werk Druckgrafik, Parkland Verlag, 2000

Echte Voodoo-Puppe – wie funktioniert das wirklich?, Puppen.net Ratgeber (digital)

Ehevertrag – Einfache Scheidung durch schriftliche Vereinbarung?, www.scheidung.org, 25.8.2020

Ein Dorf lebt vom Elektroschrott, Spiegel Wirtschaft, 22.6.2014

Ein Leben auf Europas Müllkippe in Ghana, die Umwelt Druckerei, 13.9.2018

Elektroschrott zum Supermarkt, Kölner Stadtanzeiger, 17.12.2020

Elektrotechnik- und Elektronikindustrie, Bundesministerium für Wirtschaft und Energie, 2020

Ethik im Geschäftsleben: Theorie und Praxis in China, Eberhard-Karls-Universität Tübingen

Ettel, Anja, Bayers Monsanto-Deal wird immer teurer – dumm aber ist er keineswegs, Welt, 25.6.2020

Euler, Dieter und Sloane, Peter F. E., Implementation als Problem der Modellversuchsforschung, Unterrichtswissenschaft 26, 1998

Freiwilligenarbeit und Leben in Ghana – Tipps für Volunteers, RGV Redaktion, Februar 2017

geplante Obsoleszenz, Deutsche Umwelthilfe, Stand: 2020 (digital)

Ghana: COVID-19 – der unsichtbare Feind, KFW, Bank für Verantwortung, Meldung (digital) vom 14.5.2020

Ghana Die GIZ vor Ort, giz Deutsche Gesellschaft für Internationale Zusammenarbeit, 31.12.2019

Ghana: Innenpolitik, Auswärtiges Amt der Bundesrepublik Deutschland, 24.2.2020

Ghana: Reise- und Sicherheitshinweise (COVID-19-bedingte Reisewarnung), Auswärtiges Amt der Bundesrepublik Deutschland, Stand: 13.12.2020

Ghanas Präsident Akufo-Addo wiedergewählt, DW Made for minds, 10.12.2020

Göbel, Alexander, Müllplatz der Welt, Deutschlandfunk, 5.9. 2020

Gray, John, Politik der Apokalypse – Wie Religion die Welt in die Krise stürzt, Klett-Cotta aus dem Englischen von Christoph Trunk, 3. Aufl. 2010

Groh, Mira, ein Jahr Ghana und ein kleines Fazit, stimmt.de, 26.9.2017

Grünberg, Nis, Die Ideologen sind zurück, Zeit Online, 14.12.2019

Grzanna, Marcel, Friedhof der Kühlschränke, Süddeutsche Zeitung, 23.7.2014

Hallberg Adu, Kajsa, Hauptfach: Ethik, Neue Züricher Zeitung, 29.5.2016

Halser, Marlene, Schrotthandel, Fluter (digital), 27.6.2018

Höland, Christoph, Außenhandel eingebrochen: Der Anfang vom Ende des Exportweltmeisters Deutschland?, RND, Redaktionsnetzwerk Deutschland, 8.5.2020

Jetzt holen sie das Geld zurück, DIE ZEIT Nr. 14/2020, 26. 3. 2020

Kalkhof, Maximilian, Die Wahrheit über China als Corona-Gewinner, 21.10.2020

Kang, Dake, Cheng, Maria und McNeil, Sam, Woher stammt das Virus? Wie China Corona-Forscher an ihrer Arbeit hindert, Nachrichtenagentur AP in Kölner Stadtanzeiger E-Paper, 6.1.2021

Kemper, Gustav und Schwarz, Peter, Deutsche Klassenjustiz: Milde Urteile im Cum-Ex-Prozess, World Socialist Website, 26.3.2020

Kirchner, Ruth, DW Akademie, harte Zeiten für Chinas Müllsammler, 6.4.2009

Kirsner, Inge, Apokalypse im Film, Loccumer Pelikan 2/2015

Klemm, Stephan, Wie der Mensch die Erde formt, Kölner Stadtanzeiger, 6.12.2020

Kopper, Marcel, Empirisch vs. theoretisch: Für welche Bachelorarbeit solltest Du Dich entscheiden?, Gwriters.de, 15.6.2017

Krämer, Christian und Wagner, Rene, Schulden wegen Corona auf Rekordniveau – Scholz sieht kein Problem, Reuters, 20.9.2020

Krempl, Stefan, Cybercrime: Europol beleuchtet die »dunkle Seite« der Künstlichen Intelligenz, heise online News, 21.11.2020

Kritik – Das neue Elektrogesetz (ElektroG WEEE) (digital), 2020

Kroll, Aleksandra, Wie Ghanaer ticken …, IHK blog subsahara-afrika, 13.5.2019

Kroll, Dr. Jürgen, Kreise müssen geschlossen werden, in: EU-Recycling + Umwelttechnik, das Fachmagazin für den europäischen Recyclingmarkt, 03/20 37. Jahrgang

Leben in China, MandaLingua – Kompetenzcenter für Chinesische Sprache, Kultur & Business (digital), Stand 2021

Lösungen zum Umgang mit Elektroschrott, Wissen & Umwelt (digital), 2.9.2015

Loos, Melanie, Wenn China die Zähne fletscht, HZ das Wirtschaftsportal von Handelszeitung und Bilanz, 12.8.2019

Made in Ghana: Textilproduktion sozial und verantwortungsvoll gestalten, giz Deutsche Gesellschaft für Internationale Zusammenarbeit, November 2019

Malcher, Ingo und Polke-Majewski, Karsten, Cum-Ex

Die Abrechnung, DIE ZEIT Nr. 53/2019, 18.12.2019

May, Sandra, Deutsche Umwelthilfe gewinnt Streit um Rücknahme von Elektroschrott, Onlinehändler News, 17.4.2020

Mehr Nachhaltigkeit beim Umgang mit Elektroschrott, Bundesministerium für wirtschaftliche Zusammenarbeit und Entwicklung, 10/2017

Mehr Recycling, weniger Abfall, Deutschlandfunk, 17.9.2020 um 18:00 Uhr

Meyer, Sylvie und Mendoza, Natascha, Landflucht in China – Die Auswirkungen auf die ländlichen Gebiete, esri digital

Misachi, John, Guiyu, China – The Largest Electronic Waste Site in the World, 6.6.2017

Mit oder ohne Ehevertrag: Ansprüche bei Scheidung richtig verstehen!, Ehevertrag.org, 24.8.2020

Neues Klimaziel der EU: Gibt es endlich eine Einigung?, proplanta das Informationszentrum für die Landwirtschaft, 11.12.2020

Offenbarungseid für die Kreislaufpolitik der Bundesregierung: Elektroschrott-Sammelquote verbleibt bei kläglichen 45 Prozent und wird EU-Mindestvorgabe für 2019 verfehlen, Presseerklärung Deutsche Umwelthilfe, 15.7.2019

Oxfam-Studie, Reiche schädigen Klima sehr viel stärker als Arme, 21.9.2020

Payet, Rolph, Elektroschrott dominiert weiterhin die Umweltagenda für die Abfallwirtschaft, Quarks.de, 5.10.2020

Petermann, Jan-Henrik, Chinas Macht bei Rohstoffen wächst – Pandemie stärkte Marktposition, Kölner Stadtanzeiger, 18.12.2020

Pohl, Karl-Heinz, Chinesische und westliche Werte: Gedanken zu einem interkulturellen Dialog über universale Ethik, 2005

Prozess gegen Schlüsselfigur im Cum-Ex-Skandal startet in Wiesbaden, Das Handelsblatt, 24.9.2020

Reintjes, Thomas, Koloniales Denken in der Wissenschaft

Ethik-Dumping, Deutschlandfunk, 27.12.2020

Rose, David, Prognose-Probleme in der Corona-Krise, tagesschau.de, 22.9.2020

Schmidt, Jonas-Erik, Corona hat unsere Leben verändert, dpa, 22.07.2020

Schmitt, Stefanie, Chinas Verschuldung gibt Anlass zur Sorge, Germany Trade & Invest, 7.7.2020

Schrörs, Pia, Reporterin, Ein Leben im Müll des Wohlstandes, RTL.de, 10.9.2014

Schwarke, Christian, Vom Zeichen der Götter bis zur Apokalypse. Religion als Krisenverstärker oder -management,

Technische Universität Dresden Institut für Politikwissenschaft

Seit Lockdown-Ende: Deutsche entsorgen bis zu 20 Prozent mehr Elektroschrott, Redaktionsnetzwerk Deutschland, 4.7.2020

Siegle, Jochen, Der Smartphone-Doktor auf Hausbesuch, Neue Zürcher Zeitung, 16.11.2017

Sondermülldeponie Kölliken: Das Mahnmal ist verschwunden, EU-Recycling Umwelttechnik

Staatsschulden erreichen Rekordhoch in Coronakrise, Spiegel, Wirtschaft, 29.9.2020

Statista (digital), globale Elektro-Abfälle wachsen rasant

Stocker, Frank, Die Sorge vor dem globalen Schuldenschock, Die Welt, 4.9.2019

Tianjie, Ma, Wie grün China wirklich ist, Südwindmagazin, März/April 20

Tilly, Michael, Kurze Geschichte der Apokalyptik, Bundeszentrale für politische Bildung,11.12.2012

Trennungsjahr – getrennt von Tisch und Bett, Rechtecheck.de, Stand: November 2020

Trimondi, Victor und Victoria, Krieg der Religionen. Politik, Glaube und Terror im Zeichen der Apokalypse, Fink-Verlag München, 2006

Umweltgerechte Entsorgung und Recycling von Elektroschrott in Ghana (E-Schrott Vorhaben), giz Deutsche Gesellschaft für Internationale Zusammenarbeit

Urmersbach, Bruno, Ghana: Wachstum des realen Bruttoinlandsprodukts (BIP) von 1980 bis 2018 und Prognosen bis 2025, Statista, 4.11.2020

Umweltbundesamt, Export von Elektroaltgeräten, Fakten und Maßnahmen, Stand: Juli 2010

VERORDNUNG (EG) Nr. 1013/2006 DES EUROPÄISCHEN PARLA-
MENTS UND DES RATES

vom 14. Juni 2006 über die Verbringung von Abfällen

Von Deutschland nach Ghana: Dem Elektroschrott auf der Spur, Repor-
tage Deutschland/Welt Partner im Redaktionsnetzwerk Deutschland,
20.10.2018

Wahlen in Ghana: Politik als Familienbusiness?, DW Made for minds,
5.12.2020

Wann ist ein Ehevertrag sittenwidrig?, www.scheidzng.org, 26.8.2020

WEEE Forum (International Association of Electronic Waste Producer
Responsibility Organisations), International E-Waste Day, 14.10.2020

Wies, Ernst W., Albrecht Dürer, Bechtle Verlag Esslingen München, 2000

Wikipedia, Bamako-Übereinkommen

Wikipedia, Elektronikschrottdeponie in Agbogbloshie

Wikipedia, Elektroschrott

Wikipedia, Greta Thunberg

Wikipedia, Müllhalde in Afrika

Wikipedia, Prometheus

Wikipedia, Voodoo

Wikipedia, Weltuntergang

Willmroth, Jan und Wischmeyer, Nils, Angeklagte zu Bewährungsstrafen verurteilt, Süddeutsche Zeitung, 19.03.2020

Wirtschaftsethik: Die Bedeutung in heutigen Unternehmen, WEKA Wissen, Weiterbildung, Lösungen, 14.10.2016

Wittenhorst, Tilman, Ende von Adobe Flash: Züge in chinesischer Stadt bleiben stehen, Heise online, 24.1.2021

YouTube, Wo landet unsere Elektroschrott und macht Menschen krank? Auch in Ghana

Zapf, Marina, Abfall-Allianz mit fragwürdigen Mitgliedern, Welt-Sichten Magazin für globale Entwicklung und ökumenische Zusammenarbeit, 1.7.2019

Zick, Tobias, Wir bauen uns ein Atomkraftwerk, Süddeutsche Zeitung, 11.12.2016

Zitate zum Nachdenken, Zitate zum Thema Politik (digital)

Zuschlag, Christoph, Die Johannes-Offenbarung in der bildenden Kunst, Originalveröffentlichung in: Bluhm, Lothar; Schiefer Ferrari, Markus; Wagner, Hans-Peter; Zuschlag, Christoph (Hrsg.), Untergangsszenarien: Apokalyptische Denkbilder in Literatur, Kunst und Wissenschaft, Berlin 2013

ZVEI-Spotlights 2019, Zentralverband Elektroindustrie (digital)

Zwölf Argumente für eine Rohstoffwende NABU, May 2020